走向都市

雨田著

暨南大學出版社
JINAN UNIVERSITY PRESS

图书在版编目(CIP)数据

走向都市 / 雨田著. —广州：暨南大学出版社，2013.8
ISBN 978 - 7 - 5668 - 0727 - 4

Ⅰ. ①走… Ⅱ. ①雨… Ⅲ. ①散文集—中国—当代 Ⅳ. ①I267

中国版本图书馆 CIP 数据核字（2013）第 191409 号

出版发行：暨南大学出版社

地　　址：中国广州暨南大学
电　　话：总编室（8620） 85221601
营销部（8620） 85225284 85228291 85228292（邮购）
传　　真：（8620） 85221583（办公室） 85223774（营销部）
邮　　编：510630
网　　址：http://www.jnupress.com http://press.jnu.edu.cn

策划编辑：杜小陆
责任编辑：郝　文　杨亚蒙
责任校对：黄晶晶
摄　　影：张俊杰
排　　版：弓设计
印　　刷：佛山市浩文彩色印刷有限公司

开　　本：850mm × 1168mm 1/32
印　　张：4.75
字　　数：80 千
版　　次：2013 年 8 月第 1 版
印　　次：2013 年 8 月第 1 次

定　　价：20.00 元

（暨大版图书如有印装质量问题，请与出版社总编室联系调换）

成功并不是聪明人的专利。聪明人虽然具有天赋的优越，但如果没有既定目标，或者老是游移于多个目标之间，也有可能一事无成；平庸的人甚至比较笨拙的人，只要锁定目标，不懈努力，也可以取得某些方面的成功。

一个人只有具备了好的人品、强的能力和健康的身心，才算拥有了美好人生。什么功名利禄，那些都是浅表性的身外之物，不值得我们去刻意追求。唯有好的人品、强的能力和健康的身心，才具有深重的韵味和丰富的内涵，才是人生永恒的主题，才值得我们终生努力，孜孜不倦地追求。

——题记

生活就是一本“书”

——写在前面的话

生活就是一本“书”吗？我们能把生活当成一本“书”来进行“研读”吗？我的回答是肯定的。你瞧，许多生活在同一片蓝天下的伙伴，为什么有的平庸一辈子，有的却一辈子都卓越风光？有的就这么顺，有的却那么“坎”？甚至有的是幸运儿，而有的就是一个“倒霉蛋”？

在我看来，人的一生有无建树，或者说自身价值的实现程度如何，除了天赋、机遇、背景等因素外，主要还与关注生活这本“书”的迟早、“研读”的精深程度有关。

对生活这本“书”的“研读”包括对前段生活的回顾、审视和命题的罗列、筛选、归纳、评判，然后结论出生活的道理，最后依据这些道理并结合发展变化了的情况对后段生活进行阶段性调整。

由于我反应迟钝和漫不经心的处世态度，所以在大半辈子生涯中，我并没有真正意义上地“研读”生活，直到 1999 年从工作岗位上退下来之后，才静下心来回顾了一些往事，并对自己的大半辈子生活进行了“研读”，并琢磨出了一些道理。而这时候，我人生的大好时光已经逝去，机会不会再来，只能空有一番叹息。

有时候我想，如果一个人能拥有第二次人生，那么他的第二人生肯定会智慧 n 倍（n 大于或等于 2，下同），优秀 n 倍，成功 n 倍。如果一个人能够多活二十年，那么多活的这二十年肯定是他收获和奉献的黄金时期。但这些都是痴人说梦。

不是说父母总是把自己没有实现的期望和理

想都寄托在孩子身上吗？我想，要是把自己琢磨出来的一些生活的道理或有意义的人生阅历记述下来，不也是启迪后辈的一项善举吗？于是便产生了写《走向都市》的欲望和冲动。

事实上，走向都市的历程最终还是由孩子们完成的，我们只是经历了它的全过程。有人说，子女不也是你们培养出来的吗？而且你们的一双子女就是你们创造的两件艺术品！我认为这话说得太过。首先，子女们的成长也好，成功也好，都是社会各界，特别是他们的老师、同学、领导、同事、亲友以及子女和我们共同作用的结果，而不是任何个人的功劳。其次，把子女比喻为艺术品，显然夸大了家长的作用，也抹杀了子女们的自主性和主观能动作用。

还有一点应该提及的，并不是说到了大都市就意味着我们有多么成功。大都市里人山人海，生活品质千差万别，成功人士毕竟是很少的一部分。现在新农村建设突飞猛进，生活品质提高很快，乡村角落也不乏成功人士。而且，我对自己有一个基本的评价，即平庸而不弱智，笨拙而不低能，终此一生，大的成功没有，小的成功则略有一二。本书所记叙的都是自己的心路历程和人生轨迹。对于“逃离土地，跳出农门”和“用心培育好子女”这两个目标的实现情况，也只是印证了一个问题：成功并不是聪明人的专利。只要锁定目标，不懈努力，平庸的人甚至比较笨拙的人也可以取得某些方面的成功。

生活是没有止境的，“研读”生活也是没有止境的。望各位有心人士在对生活的不断“研读”中获益多多。

目　录

一、大榕树底下的遐思

初夏六月，在广州江湾桥至海印桥之间的珠江北岸的百十米范围内。这里有各式各样的活动场地、有形同网络的人行走道、有赏心悦目的苗木花卉。特别是那排树冠硕大、枝繁叶茂的大榕树，它们严实地遮住了夏日的暑气，阵阵江风徐来，真有一种神清气爽的感觉。

海印桥周边是这块休闲场地最热闹的地方。

海印桥的桥面自江边徐徐而下，给地面留下了三千多平方米遮阳避雨的活动空间。这块活动空间被越秀区白云街道办事处开辟为几个舞池、舞台和操练场，并谓之“海印文体广场”。各种雕塑和雕刻点缀其间，给游人和文体爱好者们平添了几分惬意与联想。

珠江在海印桥东侧呈“h”形岔开分流，辽阔的水域给文体广场带来了恒久的清新与凉爽。

海印桥西侧是林则徐纪念园。从纪念园大门进去，正中伫立着这位民族英雄的巨幅石雕像。雕像器宇轩昂、正气凛然，既显示了他“海纳百川”的胸襟，也显示了他“壁立千仞”的秉性；既蕴含了他“苟利国家生死以，岂因祸福避趋之”的豪迈，又蕴含了他“师夷之长技以制夷”的睿智。

纪念园的临江处摆放着一辆四轮枢机磨盘炮车和两尊炮台，三门大炮日夜警惕地俯视着江面。这不仅显示了“中国人不可侮”的民族尊严，也显示了钦差大臣林则徐与全体军民上下一心，严阵以待，敢于歼灭一切来犯之敌的大无畏精神。

纪念园与文体广场及整个休闲场地浑然一体，并配置了各种成人和儿童的健身器材、隔离式篮球场和休闲长廊等设施，这样既便于广大群众参加各种文化体育活动，又便于人们随时接受爱国主义和民族英雄主义的教育和熏陶。

黄昏时分，华灯初上。前往大沙头码头参加珠江夜游的人群熙熙攘攘，络绎不绝。进行夕练的人们也陆续来到这块休闲场地，他们之中有跑步的、打拳的、舞剑的、打球的、练健身器材的、唱卡拉 OK 的，各种歌咏队、舞蹈队也活跃其间，热闹非凡。

好一派歌舞升平的景象！

这时候，我坐在一棵大榕树下的石凳子上，望着这如潮的人流和眼花缭乱的灯光，望着两座桥面上来往穿梭的车流和江面上那些色彩斑斓的过往游船，望着那些鳞次栉比的高楼大厦，心里涌起了无限思绪、情愫和感慨……

我，一个出生在穷乡僻壤、憨厚木讷的穷小子，一个在求学、从军和求职路上屡屡受挫、吃尽苦头的失意青年，一个在人生旅途上历尽艰辛、饱受磨难的落寞汉子，是怎样在自己的夕阳人生融入到这座国际化大都市的呢？

二、“谁不说俺家乡好”

我于 1948 年 1 月出生在湖北省公安县东成垸的张家湖村。

东成垸系横跨江陵、公安、松滋三县的三善垸的巴耳小垸，地处三善垸东南方向的狭长地带，面积约五个多平方公里。很久以前，这里是一片芦苇荡，相传“二气周瑜在芦花荡”的故事就发生在这里。后来经过历史变迁，这里逐渐淤积成一大块洲滩，吸引了众多的难民到这里开荒落户。我的祖父母就是在 1926 年逃荒到这里开荒落户的，按他们的话说叫“住场洲”。

在洲滩上开荒斩草、落户谋生的风险是可想而知的，但为什么这块处女地对众多的难民会有那么大的吸引力呢？

据说当时这些难民是一无所有的，来这里开荒落户就有了自己的土地和窝棚。而且这里每年至少有一季稳当的收成（春收）。后来，这些难民们为了保证秋收、保卫家园，他们自发地组织起来，构筑堤坝，抗御洪水，并逐年加高培厚，直到解放后在党和政府的组织领导下，才构筑成了标准的支民防堤，才把与三善垸接壤的从南堤拐到马堤拐的河堤挖平。这样，东成垸正式投入到“母亲”的怀抱，与三善垸融为一体了。

乍看起来，东成垸就像三善垸的一条“尾巴”，张家湖村就是最末端的一截“尾巴尖子”。它的左边是松东河，右边是虎渡河，两河之间从中河口到黑狗垱还有一条小河贯通。这样，张家湖村就形成了三面环水，只有西北面与“尾巴躯干”紧紧连在一起的格局。

既是“尾巴尖子”，所以地域更为狭长，面积也只有一点四平方公里。而且它还具有四周高、中间低、四周向中间自然倾斜的地貌特点。这中间低的地方就是张家湖，面积约零点四平方公里。湖的周边沟渠纵横，湖尾还有一条剅沟，一直通到黑狗垱的老剅口。

近三千村民就在这块既肥沃，又灾害频发的土地上繁衍生息。

张家湖村是美丽的。

首先，张家湖人根据张家湖村的地貌特点，从四周到中间依次建设为居民点、旱田、水旱分家沟、高水田、低水田、湖或剅沟。这样梯级而下，不仅合理，而且美观，此为布局美。

其次，田野交替呈绿。即使是寒冷的冬天，除了部分低水田、沟渠和湖泊外，大部分土地都被绿色覆盖。苕子、小麦、豌豆、油菜等越冬作物都在凛冽的寒风中展现着自己的风姿。春天是各种农作物争奇斗艳、异彩纷呈的日子，金黄的油菜花、紫色的豌豆花、灰白的麦花和粉红的苕子花在田野上分别呈现出来，煞是好看。夏天是水稻和棉花等主要农作物蓬勃生长的日子，它们顶着炎炎烈日，不屈不挠地分蘖、拔节、分枝、着叶，淋漓尽致地显示着自己的强劲。到了秋天，黄灿灿的稻谷盖满田间，雪白的棉花挂满枝头……此为作物美。

第三，张家湖周边沟渠纵横，物种繁多。密集的菱角藤、青翠的蒿草、嫩绿的荷叶和娇艳的荷花，把湖面装扮得分外妖娆。湖中心水波荡漾，游鱼跳跃，水鸟嬉戏……好一派生机盎然的景象。此为湖色美。

第四，张家湖村三面被河流环绕。枯水季节，河水清澈平静，就像三条绿色的带子。每到汛期，长江水位迅速上涨，浑浊的江水分别从松滋口和太平口涌入松东河和虎渡河。河水浩浩荡荡，一泻数百里汇入到八百里洞庭。特别是在荆江分洪工程黄山头节制闸启用后，抬高了虎渡河水位，河水从黑狗垱争相涌入小河流向中河口进入松东河。由于此河段河床窄，落差大，水流汹涌澎湃，十分湍急。那些溯江而上的货船上撑篙的船工和在岸边艰难行进的纤夫，给两岸留下了几多动听的船歌和号子，也留下了几多惊险的故事。此为江河美。

有此四美，足以让张家湖人引为自豪。

张家湖村是富饶的。

该村物产丰富，地无空闲。不仅粮、棉、油等主要农产品产量高、品质好，而且沟渠、湖泊、河流、洲滩等也为人们提供了丰富的水产品和林木资源。水域的菱角、蒿苞、莲、藕到处可见，鱼、虾、黄鳝、泥鳅等触手可得。特别是香醇的野生龟、鳖和鲜美的肥鲴、江黄鲴鱼，着实让人回味无穷、赞不绝口。

张家湖人是勤劳、善良、纯朴和坚强的。

说张家湖村富饶，并不等于说张家湖人富裕。长期以来，外洪内涝等自然灾害一直困扰着张家湖人。在那“一大二公”的人民公社化体制下，在那“以粮为纲，全面砍光”的年代里，在生产力极其低下且完全不具备一级提排渍水的条件下，张家湖人只能一次次地忍受无效劳动和低效劳动的折磨：终年劳累，却收效甚微。特别是在“几分天灾，也有几分人祸”的三年困难时期，他们把收获的粮食车载船装地送到国家粮库，自己却饿着肚子，勒紧裤带去到处找吃的。那时候，只要是能吃的东西：树上的摘光，地上的采光，地底下的挖光。虽然也有不少人得了浮肿病，也有人在挖藕回来的时候倒在了湖里的淤泥里，但都得到了周围乡亲的及时救助，除极少数人因回天乏术而告别人世外，绝大多数村民还是幸存下来了。

刚刚过了两三年好一点的日子，历史又把他们卷入到文化大革命的动乱之中。但是，经过了三年困难时期磨难的张家湖人，深深感受到了乡情的珍贵和折腾的痛苦，虽然村里也曾出现过一些小小的动乱和波折，但是大体上还是保持了一种朴实的稳定。村民们穷归穷、苦归苦，但肚子基本上还是填饱了的。

直到上个世纪八十年代初，张家湖村才在农村改革潮流的推动下实行了联产承包责任制，这就等于进行了第二次“土改”，农民才真正成了土地的主人。紧接着在党和政府的关怀下，张家湖村又兴建了盼望已久的电力排灌站，这就从根本上解决了水患的困扰，并把张家湖地区的绝大部分水域改成了农田或鱼塘。这样，张家湖人才扬眉吐气地讲起了“春天的故事”，乘着改革开放的东风逐渐富裕起来了。

（张家湖电力排灌站外貌）

张家湖电排站装机容量 465 千瓦 / 时（155 千瓦 / 时 x3），担负着张家湖村和蒲田村两平方公里的排涝和灌溉任务。

三、祖母是我们家的主心骨

从我记事时开始，我们家就已经有八口人了：祖父母、父母亲、哥哥、两个妹妹和我。

在我们家，最有威望的是祖母。祖父忠厚老实，对祖母的话自然是言听计从。母亲温和贤淑，对祖母恭敬有加也在情理之中。就是我那正当壮年，且有些放任不羁的父亲，在祖母面前也是服服帖帖，唯命是从。

毫无疑问，祖母是我们家的主心骨。

祖母的威望是在苦难中积淀起来的。

祖母雷周氏，人称周大婆，生于1902年5月。

据说祖母十二岁时就死了父亲，她母亲养不活两个孩子（祖母还有个妹妹），只好把祖母送给别家去当童养媳。被送去的这户人家是松滋西斋附近山里的一家富户。

送人当童养媳本来是迫不得已的事，照说应该得到人们的同情才符合情理。可过去的富人一般都是看不起穷人的。这家富户也是这样，他们压根儿就不把祖母当人看待，要她干最苦最累的活，让她吃残汤剩饭，稍不如意，还会遭到毒打。

有一次，祖母到岩河里挑水，她稚嫩的肩头磨破了皮，渗出了血，但还得咬紧牙关往上爬。就在这时候，她踩空了一块石头，摔了一跤，两只水桶顺坡而下，其中一只因碰到一块大石头破了。回家后，祖母就遭到了她“公婆”的一顿毒打。祖母疼得受不了，连忙钻进一张渔网里。狠心的“公婆”仍不肯罢休，拿起木棍朝渔网里的祖母又是一顿猛打。渔网被打破了，祖母更是被打得皮开肉绽。

这次被打之后，祖母决心逃跑。前两次逃跑都被抓回去打了个半死。后来，祖母表示“顺从”，不逃了。过了一段时间，“公公”、“婆婆”对她放松了警惕。祖母在打猪草和砍柴的时候选准了逃跑路线，也想好了投靠亲戚的地址。在一个深秋的夜晚，祖母到厨房“偷”了几块苞谷饼子，淌过岩河，逃到松滋与公安交界的纸厂河，在那里投靠了一位亲戚。后经人介绍嫁给了大她十六岁、忠厚老实的祖父。

据祖母说，她嫁给祖父的理由只有两条：一是老实人靠得住；二是年纪大些会心疼人。

1926 年，她们家乡发大水被淹，祖母抱着才几个月大的父亲，跟着祖父一路逃荒，几经辗转来到了公安县的东成垸，开始了他们开荒斩草住场洲的生涯。

经历了如此多的苦难，对祖母来说是不幸的，但又是幸运的。是苦难孕育了她的爱心，也铸就了她的仇恶心理；是苦难促成了她的精明强干，也练就了她的坚强意志。

祖母的威望是在爱心中生发出来的。

在我的心目中，祖母是一位慈祥的人，但慈祥中也带有几分威严。她爱每一位家庭成员，特别是爱我们这些孙子。但不论哪一位家庭成员，只要犯了错，她也绝不姑息迁就。用她的话说就是“该吃的不少，该打的不饶”。其实，祖母的打也是有分寸的，她绝不会把你打得怎样，只是想让你长长记性而已。我想，这也正是祖母的真爱和负责任的表现，这样的爱对我们的健康成长十分有利。

记得1959年下半年我读六年级的时候，一天下午在上学的路上，我对一位要好的同学说："这个野菜粥太难吃了，还不耐饿，我们到湖里踩些藕回来吃吧。"那位同学十分赞同，于是我们就跑到湖里踩藕去了。晚上我背着十几斤藕回家，喜滋滋地告诉祖母我们可以改善生活了。没想到当时祖母把脸一沉："谁叫你踩藕去的啊？想改善生活书都不读了吗？你这个不成器的家伙！"说着就在我的屁股蛋上狠狠地打了两巴掌，还罚我跪在堂屋中间思过、订保证。然后把我背回来的藕全部提到猪圈喂猪去了。

从此，我再也不敢在上学的时候做别的事情了。

小时候，我们很喜欢听祖母讲"狼外婆"和"野人外公"的故事。开始讲的时候我们吓得直往祖母怀里钻，后来胆子才渐渐大起来了。只要和祖母在一起，我们家就欢声笑语不断，就会有一种安全的感觉。同时，祖母的故事也使我们多了一些战胜邪恶的勇气和智慧。

祖母对乡亲们也充满了友情和爱心。她常对我们说："和别人一起相处的时候不要怕吃亏，如果都怕吃亏的话，还怎么能在一起相处呢？力气去了有来的，东西去了也可以挣回来。"虽然我们家穷，但祖母还经常接济一些比我们更困难的人。三年困难时期，有两家湖南人逃荒来我们这里落户，祖母经常给他们送一些炊具、食物和生产工具，他们也乐于给我们帮忙，我们彼此相处得十分融洽。祖母还常给一些得了浮肿病的老乡和过往行人施舍一些瓜果和菜粥……总之，她既真诚待人，又乐善好施，深受乡亲们的爱戴和尊重。

祖母的威望是在不断思过改错的过程中升华起来的。

祖母没有文化，但她很善于思考和处理问题。我们家在当地算是家大口阔的了，一般情况下，我家在队里基本上收支平衡，好的年景也进不了几个钱，差的年景还会超支。但祖母还是把这个家操持得井井有条。祖母饲养的鸡、鸭、鹅、猪、牛、羊在我们那一带属一流的好；自留地里的瓜、果、蔬菜也被她侍弄得既美观、又丰硕。大人早晚有空就到河边拉纤，小孩有空就去野外打猪草或采集药材，这些都是祖母倡导、我们也乐于去做的挣钱贴补家用的好路子。每到年底，祖母总要请一两位裁缝做一两天衣裳。先做孩子的，再做大人的，最后剩下的些许布料才做自己的。所谓“新三年，旧三年，缝缝补补又三年”，在祖母的精心操持下，我们农家的俭朴之风发挥到了极致。

祖母认为她最大的缺陷是没有文化，所以她特别支持我们上学读书学文化。解放初期，中河口小学刚刚开办还没有高小，祖母就送哥哥到南平去读高小和初中。我休学三年后想去复学读书，父亲坚决反对，这时候祖母对父亲说：“孩子想读书是好事，你硬是拦着不让他去读，他会怨你一辈子的。”正是祖母的这几句话起了作用，我才有了重返校园的机会。可以说，正是祖母的这几句话改变了我一生的命运，此是后话。

祖母没有文化，但她追求完美，从不满足现状。以她当童养媳出逃的事为例，虽然她连续失败了两次，但仍然充满信心。后来经过更加周密的谋划，最终还是逃出了樊笼。在东成垸住场洲时，她又一次次与当地土匪斗智斗勇，巧妙周旋。虽然我父亲被迫当了汉流老幺，但毕竟还是保全了父亲和姑姑没有受到伤害而顺利长大成人。

在三年困难时期，即使每人每天只有二两粮食，但祖母还是想办法把各种野菜、树叶、野蒿苞、莲、藕和秕谷、糠、麦麸、棉籽等一切能吃的东西调配均匀、适当，尽一切可能不让断顿，从而保证了全家人没得浮肿病，比较顺利地渡过了难关。

祖母不仅是一位劳动能手，而且还是一位厨艺高手。她做的一手好饭菜是我们最爱吃的，凡是吃过祖母烹饪的菜肴的客人也都赞不绝口。

三年困难时期刚过，祖母已是六十花甲的人了，她想从当家的位置上退下来，然后把母亲扶上去，可是母亲是那种只会做事不会当家的人，手里拿着钱却不知道用在哪里，没出两个月时间，家里就纰漏不断误事不少，母亲只好把当家的权力又奉还给祖母了。

人们常说："当家三年狗也嫌。"我们的祖母当了数十年的家不仅没有人嫌，而且有的只是诚服、尊敬和爱戴。

在我大一些的时候，经常看到祖母沉思的样子，有一次就忍不住问祖母在想什么，祖母回答说想她自己的一些过错。我当时就不明白了，心想祖母是多么完美的一个人啊，她还会有什么过错呢？后来我再大一些之后，懂得的道理更多一些了，这个问题也才渐渐想明白了：祖母的完美，正是在她不断思过改错的过程中升华起来的啊！

可惜我不是一名记者，更没有记者的才思和

语言能力。如是的话，我一定会对祖母进行一次专访。那样的话，对于没有文化底蕴却表现得如此出色的祖母，我们一定会清楚地知道她许多糟糕的初始和精彩的过程。

遗憾的是，祖母施于我们的恩惠没有得到应有的回报，她老人家于 1992 年 9 月离我们而去，享年九十一岁。

然而，祖母留给了我们极有价值的精神财富，也留下了我们对她老人家永久的思念。

四、乡土教育

在人与人的交往中，特别是在小孩与成年人的交往中，我们常常会听到人们的种种议论："某某家的孩子真有教养"、"某某孩子真没有家教"等。显然，这是对孩子们所受家庭教育及其表现的评论。

对孩子的家庭教育不是来自书本，而是来自家长们的说教。而且，这种说教不是孤立进行的，而是遵循本乡本土所公认的道德操守和行为规范施行的，并且还要受到家族和乡亲们的评判、褒贬和认同，它具有家庭教育与当地社会教育相结合的特点，我们把这种教育称为"乡土教育"。

乡土教育具有朴实、通俗和明了等特点。为

了方便记忆，人们常常用名言警句或者顺口溜的形式对孩子们进行说教。例如：

教育孩子尊重人，讲礼貌，见到熟人特别是长辈一定要打招呼、问好，而且还要有称谓。为了鼓励孩子，还编了一个顺口溜："叫人不要紧，只要舌头打个滚"。

教育孩子光明正大做人的："为人不做亏心事，半夜不怕鬼敲门"；"身正不怕影子歪"；"一个鸡蛋吃不饱，一个'名誉'背到老"；"小时偷针，长大偷金"；"君子爱财，取之有道"；"不义之财，分文不取"；"人活一张脸，树活一张皮"等。

教育孩子勤劳俭朴的："一懒生百病"；"辛苦讨来快活吃"；"吃不穷，用不穷，划算不好一世穷"；"人有两件宝，双手和大脑。双手能做事，大脑会思考”等。

教育孩子团结友爱的：“和气生财”；“家和万事兴”；“一根筷子易折断，十根筷子抱成团”；“吃不得亏，拢不得堆”；“要想伙计长，亲兄弟也要明算账”等。

教育孩子励志的：“有志不在年高，无志空长百岁”；“人穷志不短”等。

教育孩子克服娇生惯养习气的：“娇儿不孝，娇狗上灶”；“严师出好徒”；“严是爱，松是害”等。

教育孩子重仁义、讲诚信的：“钱财如粪土，仁义重千斤”；“诚信是金”；“诚信为本”；“与朋友交，言而有信”等。

教育孩子胸怀开阔的：“将军额头跑骏马，宰相肚子里撑大船”等。

……

我们乡下把乡土教育的内容称为社会知识，主要是教育孩子如何做人的问题。它与学校教育异曲同工，只是前者侧重于“传道”，后者侧重于“授业”而已。

乡土教育成本最低，但实用价值很大，而且对人的一生影响深远。

实践证明，缺失乡土教育的孩子一般都显得无知无识（指社会知识），许多时候不明事理，不通情理。他们很难与人相处，很难受到人们的欢迎，甚至令人反感、厌恶。而受过良好乡土教育的孩子不仅心灵美、品质好，而且谦和贤达，知情在理，很会与人相处，很能受到人们的青睐和褒奖。

但凡教育，都需要教育者与被教育者的良好互动，才能取得好的效果，乡土教育也不例外。如果监护人施教不当，或者是孩子不受教，都会失去其应有的功效。

我们家的乡土教育主要是由祖母施行的。虽然父母也对我们实施教育，但由于母亲的说教比较呆板、枯燥，很难提起我们的兴趣；父亲的说教既简单又粗暴，我们都比较反感。只有祖母的说教既形象生动，又旁征博引，至今仍为我们所称道。

一个人的童年既有感知事物的灵性，又缺乏辨别是非的能力，用毛主席的一句话来说，就是：“他们的思想阵地，如果无产阶级不去占领，资产阶级就必然会去占领。”不是有“近朱者赤，近墨者黑”一说吗？所以不论从哪一个方面看，乡土教育都十分重要。

所幸的是，祖母对我们的教育抓得既早又好。这不仅填补了我们童年时代的思想空白，使我们从小养成了较好的道德品质和行为习惯，而且使我们从小掌握了一些为人处世的准则和依据。这些对我们的健康成长和以后融入社会都起到了较为积极的作用。

五、良 师

当我第一次背起书包走进学校的时候，最先认识的老师是罗贻柏老师。罗老师是我们一个队里的人，当时他是我哥哥的班主任兼语文老师。后来哥哥初小毕业到南平读高小去了，我也开始读三年级了，这时候罗老师就成了我的班主任兼语文老师。

罗老师身材魁梧，国字脸，两只眼睛炯炯有神，戴一副近视眼镜，喜欢打篮球和乒乓球，身体结实。当时还不到三十岁，全身充满着活力。

罗老师只在解放前读过三年私塾，后来是如何当上老师的，人们有许多议论：有人说他是在牛背上看书看出来的老师，也有人说他是在煤油灯底下熬出来的老师，还有人说是在给他父亲念祭文时哭出来的老师。

后来我才知道，这三种说法都有一定道理，而且都贯穿着一条主线，那就是罗老师好学，有才气。

因为穷，罗老师在解放前只读了三年私塾，十岁就回家放牛。他很喜欢看书，渐渐养成了在牛背上看书的习惯。所以有人说他是在牛背上看书看出来的老师。

罗老师还喜欢在夜晚点一盏煤油灯看书。冬天很冷，他就在脚底下放一个装有谷壳或棉壳的火钵子看书。夏天很热，蚊虫又多，他就用一只小木桶装半桶水，把脚泡在水里看书，这样既能带来一些凉意，又能免去蚊虫的骚扰。所以有人说他是在煤油灯底下熬出来的老师。

说他是在给父亲念祭文时哭出来的老师又是怎么一回事呢?

原来，他父亲去世之后，他写了一篇祭文，出殡前他声情并茂地念祭文，很感动人。特别是念到伤心处的时候竟情不自禁地大放悲声，连周围的人都跟着哭起来了。这时候有一位在区里管教育的干事从这里经过，也不免驻足聆听起来，被感动得泪流满面。解放初期正是百废待兴的时候，尤其需要优先发展教育，于是这位干事就推荐他去读了几个月师训班，回来就当上了我们学校的老师。

罗老师有一位既有力量又能干的妻子，她除了在队里出工干活之外，家务活基本上全都由她包揽下来，这就给罗老师提供了一个更为宽松的环境。罗老师本来就爱学习，自从当了老师之后，那更是如鱼得水，每天工作之余，除了打打球调节一下生活之外，那就是一头扎进书堆里博览群书。

当时的中河口小学又增加了老师且开办了高小，我们是第一届高小生。罗老师一直担任我们的班主任兼语文老师，他与教数学的范老师是最好的搭档，每次学区统考我们班不是第一名就是第二名。1960 年小升初，我们班三十二人参考，被毛家港中学录取了二十八名，其余的四名也被玉湖农业中学录取了。

可以说，我们班是中河口小学开办以来最牛的一个毕业班，也是当时我们学区最牛的一个毕业班。

遗憾的是，1957 年，中央出了彭帅这个“大右派”，后来地方上又陆续出了许多“小右派”，罗老师就是我们学区的“小右派”之一。据说他的罪状是反映要学生剥棉梗皮、织纤维布是不务正业，穷折腾；带学生去米积台河里淘铁砂是瞎胡闹；修土高炉炼钢铁是劳民伤财，大浪费等等。

当时我们年纪小，对彭帅是如何被划为“大右派”是不得而知的，但对罗老师被划为“小右派”显然是不服气的。一是罗老师反映的是实际情况，即使言词过激一些也是提意见，怎么就扯到反党了呢？二是你们领导提倡大鸣大放，鼓励人家提意见的嘛，怎么提了意见就把人家划为右派呢？这不是出尔反尔吗？这样做也太不地道了吧！

不服归不服，你只能闷在心里。哪有你说话的地方呀，就是让你说你也不敢说呀。一是人微言轻起不了作用；二是再把你打成个“娃娃右派”你不是吃不了兜着走吗？

罗老师被划为右派后，接着就是开除公职和对他进行无休止的批斗、架“土飞机”、强制劳动等。记得大队民兵干部总是对他颐指气使，指责他这样不是，那没干好。而罗老师则有一幅上好的脾气，他不卑不亢，默默地承受着、忍耐着……

忍耐是一种精神，忍耐是一种品质，忍耐还是一种抗争的方式。在没有任何话语权，也没有任何诉求希望的特殊时期，他唯一的办法就是忍耐。

忍耐需要坚定的信念。任何人都不是神，共产党也不是神的组织。不是神就会有犯错的时候，不是神的组织就有可能经历一些错误的过程。而且罗老师坚信，共产党肯定会有明白的时候，而一旦明白之后就会纠正错误、回归正确。

忍耐需要博大的胸怀。共和国第二大元帅说倒就倒了，你一个小学老师算老几？这点委屈又算得了什么！

忍耐需要坚强的意志。精神的折磨、肉体的蹂躏、一股脑儿的凌辱和无休止的纠缠，可是这些都没把罗老师整垮。大家都说罗老师是块铁，是块钢；比铁还硬，比钢还坚！那么，他的这种钢铁般的意志来自哪里呢？我想应该来自他对美好的向往，来自他乐观的态度和平和的心境，当然也来自他强健体魄的支撑！

上个世纪七十年代末，随着文化大革命的结束和总设计师邓小平的复出，罗老师终于重见天日。

在以后的校园生活中，我还遇到了好几位好老师，但唯有罗老师的好学精神和自学能力，忍耐精神和坚强意志最让我刻骨铭心。

真是良师难觅，难觅的良师啊！

六、抉　择

1962年，因贯彻“调整、巩固、充实、提高”的国民经济方针，毛家港中学被撤销了。我们又通过编级测验考入到东港中学（公安四中）读初三。

以前在毛家港中学读书时，因为离玉湖近，到了周末我们还可以利用一天半的休息时间到湖里挖藕或抠藕肠子，足可以解决一两个星期的伙食费和零花钱，一般不存在饿肚子的问题。可到东港中学之后就没有这个条件了。当时东港中学的伙食很差，根本填不饱肚子，很多同学常常饿得前肚皮贴着后脊梁。在课余时间校园里总会走进一两个卖小吃的，他们一声声“热的、热的”

地叫唤，好像在故意挑逗我们饥肠辘辘的肚子似的，但由于囊中羞涩，除了吞几口清涎水之外，也别无他法。

当时张家湖村只有我和陈君在东港中学读书。陈君的学习成绩是出类拔萃的好，在毛家港中学近两百名同年级学生中，每次统考他基本上都是总分第一。但在“土改”时他父亲被定为“历史反革命”被镇压，尽管当时切实贯彻了“重在政治表现”的政策，但陈君仍然心有余悸，对前途基本上失去了信心。再加上到东港中学之后肚子饿得受不了，于是他找我商量干脆休学回家种地去，这样至少可免去饿肚皮之苦。当时我自己的情况也好不到哪里去。虽然我的学习成绩一直较好，但和陈君比较显然要差一些。而且我的父亲也有当过汉流老幺的历史问题，所以我对前途也比较茫然。陈君的撺掇似乎很合我的胃口，于是两人就这样休学回家了。

这次休学一休就是三年。三年里，我几乎学会了所有农活：耕田使牛、抛粮撒籽、栽秧割谷、除草治虫、扯棉梗等无一不会。但同时也尝够了农民的所有艰辛：早工连着日工再连着晚工，一天干十几个小时的活，常常累得筋疲力尽。特别是许多活都是无效劳动和低效劳动。比如排涝，一平方公里的渍水通过人踏水车排到零点四平方公里的湖里，迫使湖水迅速上涨。湖水的上涨又严重威胁渍堤，使渍堤经常出现浸漫甚至破口，渗漏则更为普遍。通过人工排水后，白天看起来田里的水是降了一些，但第二天早上一看又是白茫茫一片：不仅所有的低水田全部被淹，甚至还危害到部分高水田。这种无效劳动不仅是排水无效，而且从整田、育秧、除草、治虫、施肥等也都全部泡汤了，这样全年的农业收入也被降低了。所以农民是终年劳累，却收效甚微，也就是这个道理。后来监利县棋盘乡党委书记李昌平概括得更为精辟：农民真苦，农村真穷，农业真危险！

作为回乡知青，我根本无法改变这种状况，但又不甘心屈于这种状况，于是，我开始了反思和梦想。我想起了三年困难时期吃糠咽菜的日子是怎么渡过来的；甚至还想到了范仲淹把一碗稀饭冻住后一分为三，每餐只能享用一份也要坚持学习的情景。我梦见自己又开始忍受饥饿进行学习了，也梦见自己考上大学开始新的生活了……

这时我才体会到了大脑思维功能的美妙。不思不想，整天只能浑浑噩噩。几经思想，一个愿望和目标就渐渐清晰并强烈起来：逃离土地，跳出“农门”。唯一的办法就是重返校园读书去!

这种思想苗头刚一露头，就遭到了父亲的强烈反对。为了套牢儿子，父亲几番周折，撮合着把他一位朋友的女儿小 C 许配给我并迅速订婚。

凭心而论，小 C 除了没什么文化之外，从长相到人品，从精通农活到操持家务，可以说是无可挑剔，配我只有多的。但当时我是吃了秤砣“铁”了心的：虽然不可能“冲出亚洲，走向世界”，但一定要跳出“农”门，走向城镇!

这时候，父亲的棍棒发挥了威力，逢年过节拖着条扁担赶得我飞跑，非要我去小 C 家拜年辞节不可，当时我只能违心应付，别无他法。

记得 1967 年的端午节去小 C 家，当天晚上她父母领着她弟妹们去听书了，把我和小 C 留在家里看屋。作为“娇客”，我只能任其摆布。

一般来说，二十岁上下的青年男女独处一室不想那事，那是瞎话。但是，既然我“铁”心已定，就完全能够把握住自己。当时我心里明镜似的：干了那事就远离了目标，就会一发不可收拾。

小 C 是个既温柔又腼腆的女孩，我不接近她，她也不主动接近我。我们就这样在屋里坐着，说着一些无关紧要的家常话儿，直到她父母和弟妹们回来。

几千年以来，中国农村普遍存在着重男轻女的传统思想，我家也是一样。当祖母了解到我是铁了心想复学读书的心思后，立即说服我的父亲，支持我重返校园。对此，我的两个妹妹也是作出了贡献的。特别是大妹正秀，当时她已经十五岁了，既聪慧又能干，就像一个新版的小“铁梅”，很有点穷人的孩子早当家的味道。

七、从军路上

人生途中总会有一些大大小小的不幸，就我们这代人来说，一生中至少经历了两次大的不幸：一次是正长身体的时候遇到了三年困难时期没有饭吃；另外一次就是正想读书的时候爆发了文化革命没有书读。

显然，想读书而没有书读是我们这代人最大的不幸。尽管你有“男儿立志出乡关，学不成名誓不还”的雄心，但普天之下的师生都响应毛主席的号召搞文化大革命去了，学业因此荒废，高考也因此中断。

天道如此，你能去哪里喊冤？你能搬起石头砸天？

我于1965年复学，1966年7月初中毕业后被推荐到南平中学（公安二中）高中部学习。十月份毛主席第六次接见红卫兵代表，上级给我们学校分配了部分代表名额，当时我被选上了代表。出于对组织的忠诚老实，我把父亲过去被迫当过汉流老幺的历史问题如实向组织作了汇报，结果出发的时候我被除名了。

这是我人生中第一次经受的失落和苦涩。在后来批判当权派的活动中，我第一次也是唯一一次上台批判了许校长的失察与不公。

其实是我错怪许校长了。在那个疯狂的年代，政治敏锐性是万万不得疏忽的，更何况那是去见我们心中最红最红的红太阳呢？谁能允许有丝毫的瑕疵呢？

接着就是大串联，成立红卫兵组织。也许是

因为我的憨厚老实，也许是因为我批判过当权派，一些同学先是把我抬出来当串联队队长，后来又被抬出来当“起宏图”红卫兵组织的头头。

好在我哥当时在县公安局工作，他和他的一位同事专门到学校给我做了思想工作，我才及时退出了“起宏图”，从而没有在红卫兵活动中干出格的事，也没在革命造反的路上走远。

1967 年下半年，我们这些生逢动乱时代的青年学生，又被文化大革命的操纵者们以“杀回老家去，复课闹革命”的口号赶回到东港中学。

此时正是我们清闲彷徨的时候，正当我们无所事事地观望之际，地方上开始征兵了。既然读书已无希望，那就去当兵吧。

那时候当地领导是很支持红卫兵考兵的，再加上体检没任何问题，于是我很顺利地考上了。

这次征收的兵员较多，我们这批兵被送到武汉兵站后，全部被一列闷罐车拉到了海军旅顺基地，除少数人当了水兵之外，大多数人被几辆大卡车拉到一个叫庙沟的地方当了防化学营的“旱鸭子兵”。

紧张的新兵训练之后，我被分配到防化学营三连。刚下连队就被安排到黑龙江海军农场参加生产劳动，按当时的话说就是去接受再教育。

好在我出生在农村，休学后又认真地搞了三年劳动，因而对艰苦的农场生活，既脏又累的农活我都能应付自如。八个月的生产劳动任务完成得也比较出色。

回连队后我又被安排到农村参加“斗、批、改”运动。当时我和袁君负责黄泥川一队的工作。

我和袁君都是新兵，开始我们两人的工作配

合得较好，但在中途却发生了一点矛盾。

起因是一位男青年以谈恋爱为由猥亵了一名回乡女知青，这在当时是比较严重的事。当时我和袁君商量，最好是由那位男青年当面向女知青赔礼道歉并写出书面检讨，但袁君力主批斗。为了统一思想又不扩散影响，我立即以书面报告的形式请领导裁定。张指导员当即批示："按第一种意见办。"

袁君是个比较张扬的人，干什么事情都想干得轰轰烈烈，这也符合当时的潮流。于是我对他说："你的想法虽然有道理，但这件事最好征求被伤害人的意见，以既不扩散影响又能解决问题为宜。"当时他报以真诚的微笑，我们又和好如初了。

由于我们的密切配合，队里的"斗、批、改"

运动和生产任务都完成得比较出色，队情也较稳定。1969 年春我被提拔为连部文书。

1970 年冬领导安排我去吉林省的长春市和榆树县接兵，这时候有几位战友老乡一起对我表示祝贺，以为接兵回来我就会提干。其实这完全是一场误会，而且这正是提干未果给我一个下台阶的绝好安排。

后来我才知道，张指导员调离前就已经讨论了我的提干问题，并派员去我的家乡作了政调。当时张家湖村（那时还叫联合大队）的周书记亲自写了证明材料，并把我父亲过去当过汉流老幺的“幺”字写成了“妖”字。

接兵回来后杨指导员对我说了一大堆“要正确对待父亲的历史问题”、“要相信组织”以及“还是重在政治表现嘛”之类的话，之后就安排我下去当班长了。

这时候，一连的文书魏君已被选送到清华大学读书，二连的文书万君也被提干。他们都是同时和我入伍的老乡啊！

失落和苦涩又一次涌上心头。在那个“以阶级斗争为纲”的时代，我似乎感受到了“重在政治表现”的全部意义和真正内涵。

而且，我还失去了1971年春的复员机会。我接兵回来之后，那些复员回去的战友老乡们一个个都成了“时代宠儿”，他们很快就被陆续安排到祖国最需要的岗位上去了。

1971年“九·一三”林彪叛逃，地方和部队同时中断了征兵和复员，直到1973年才恢复征兵来接替我们复员。

当时在斗湖堤派出所工作的哥哥带着我去县

“复退办”报到。接待人员对我们说：“现在是商品粮、城镇户口、工资额三项突破，只能从哪里来到哪里去。”我哥哥解释说：“我弟弟入伍前可是吃商品粮有城镇户口的高中学生哩。”“那也不行，是吃商品粮有城镇户口的学生，也只能回农村去。”接待人员若无其事地摇了摇头，我哥也只能无奈地点了点头。

于是，我只好拿着县里“复退办”的介绍信到玉湖区报到。当时负责接待我们的是区民政办的童助理。童助理对我说：“这次玉湖区有复退军人一百来人，只有你和陈德新是吃商品粮有城镇户口的高中学生。区里对你们两个可能会另有安排。具体如何安排，由管财经的何副区长负责。”

正说着，何副区长从会议室出来了。童助理

连忙带着我迎了上去并作了介绍。何副区长对我说："你和小陈只能保留商品粮和城镇户口，由区里安排在集体单位工作。你可先回去在生产队边参加劳动边等待通知。"

如果说在县里报到带给我的是沮丧的话，那么到区里报到给我的则是一个惊喜。虽然没有被直接录用为国家职工或国家干部那样体面，但毕竟保留了商品粮和城镇户口，这标志着我已经从农村走进了城镇，在当时这的确是一件比较幸运的事。它意味着我的人生开始了新的转折，也可以说是我人生旅途中迎来的第一个"春天"。

这时候，"商品粮"、"城镇户口"、"集体单位"、"等待通知"等关键词时时萦绕在我脑际，我由衷地称赞祖母的高瞻远瞩，要不是她老人家在关键时刻的有力支持，我的命运一辈子也不可能有丝毫改变啊！

果然，我在队里劳动了一个来月后，区里就来了通知，我被安排在区水运社工作。

八、“另外一半”的魅力

在我当兵之后，原来由父亲撮合订了婚的小C给我来过几封信。由于我“铁心”已定，既不想伤害她，也不想让她作无谓的等待，所以一直没给她回信。显然，小C经不住这样马拉松式的“青春之耗”，只好托我哥捎信问我是否同意解除婚约，我只简单地回答了“同意解除”四个字，就彼此轻松地解脱了。

现在把工作安顿下来之后，婚姻问题就提到了议事日程。

正当自己沉浸在跳出“农门”，走向城镇的喜悦之中的时候，经朋友介绍的第一位女性兜头给我泼了一盆“免谈”的冷水，名义上是说年龄差距较大，实际上是觉得我的职业不够体面。

这也是情理之中的事。

正当我以自卑和失意审视自己的时候，由我嫂子引见的一位姓鄢的小学老师很前卫地走近了我。尽管我把船上的简单行装展示在她面前，她也义无反顾，一往直前。

这就是我的“另外一半”，这就是我当年架吵不散、情剪不断的妻子，这就是我现在相依为命、情爱日渐香醇的老伴。

其实，我的“另外一半”还远不止一半，她除了热爱、钻研并胜任本职工作之外，还是一位贤妻良母型的知识女性，一位极善于计划安排和操持家务的理家型女性，一位热情、友善、真诚和充满爱心的和谐型女性。

就贤妻而言，我自然感受深切。我是一位支

气管炎患者，控制支气管炎最有效的办法就是早晚走步和远离刺激源。“另外一半”从来不让我下厨房，而且坚定地支持我早晚走步。没有她的精心照顾和大力支持，就没有我现在的基本健康状况。颇为自豪地说，另外一半对我的照顾和服侍，可与陈佩斯夫人相媲美。

就良母而言，不用说别的，单是2002年她被评为全县“十佳母亲”中的一员，就足以说明这个问题。在那次评选活动中，我还充当了一回“秘书”角色，现将我整理的材料抄录如下：

力求科学的母爱

——公安县毛家港小学：鄢先春

蒙各位领导、同事和社会各界的厚爱，把我

推选为全县“十佳母亲”中的一员，使我既感惭愧，又深受鼓舞。为了不辜负领导和同志们的抬爱，我想谈点母爱方面的肤浅认识和体会，以此向大家作个汇报吧。

俗话说：“爱子之心，人皆有之。”特别是我们当母亲的，谁不深爱自己的孩子呢？但是，爱子也要讲究方式方法，如果方法不当，常常事与愿违。所以，母爱一定要力求科学。

一、崇尚科学教育孩子

随着现代科技的迅猛发展，现代育儿教子的知识也日渐系统、完善。为了给育儿教子提供理论指导，我们常到书店选购有关书籍，或到邮局订购有关刊物。如《父母必读》、《教育学》、《教育心理学》，辟有“现代家教”栏目的《家庭》杂志以及一些社会上陆续出版的教子专著等都是很好的学习资料。

通过学习，我们明白了许多科学教子的道理，坚定了科学教子的信心，增强了科学施教的方法。具体来说有以下几点体会：

1.教育孩子必须从孩子极小的时候做起

孩子出生来到这个世界上之后，他们的大脑是一片空白的，但是发育很快。他们对世界上的一切事物都充满好奇，对身边的所有东西都要看一看，摸一摸。他们感知事物的能力很强，但没有辨别事物好坏的能力。如果这时候我们不在意，孩子在接受新事物的过程中，就很容易沾染一些坏毛病，养成一些坏习惯，形成一些坏品质。所以，在孩子开始感知事物的时候，我们就要帮助他们辨别是非对错，摒弃不良行为，养成好习惯、好品质。如诚实、节俭、爱劳动、爱集体、热爱大自然、懂礼貌、敬师长、团结友爱等。

教育孩子从小养成好习惯、好品质，及时纠正孩子的不良行为、不良习惯，比认为孩子小，不在意，放任自流，等孩子形成一些坏习惯、坏品质之后再去纠正要容易得多，且能够收到事半功倍的效果。这就像种树一样，小的时候不去管它，等它长大了、长弯了再去育直就困难多了。

虽然我的两个孩子在各方面都表现不错，但也存在一些缺点和问题。如儿子是一位烟酒嗜好者，女儿则是一位体育困难户和厨艺困难户，这些都是从小或开始出现的时候没有及时纠正，待他们养成习惯后再去纠正又很难纠正所造成的。

2.对孩子大爱而不溺爱，慈爱而不宠爱

所谓大爱，就是从大处着眼，爱在根本上、本质上。对孩子的好行为、好习惯、好品质要充分肯定，及时表扬和鼓励；对孩子的缺点、错误要及时批评、教育，必要时还要给予适当惩罚。对于正当的要求要尽力给予满足；对其不合理要求要讲清道理，予以拒绝。当孩子使性子、耍脾气、无理取闹时，可以冷处理的方式解决。即在安全的前提下让孩子哭、闹，待其哭够、闹够之后再和他进行交流、沟通、疏导，而绝不能对其迁就和依从。不然的话，就势必助长孩子的任性和骄横。大爱的目标就是使孩子始终朝着有益于社会、有益于人民的方向发展、成长。

所谓溺爱，就是无原则地施爱。对孩子的不合理要求，也一概满足。

所谓慈爱，就是在孩子尚无自理能力的时候，对其衣食住行要关心好、照顾好；在孩子具备一定的自理能力之后，要鼓励孩子“自己的事情自已做”，并进行必要的督促和指导。对孩子的智力培养和体育锻炼要舍得花力气、下本钱。

所谓宠爱，就是对孩子的过错姑息迁就。对孩子的不良行为、不良习惯、不良品质不加制止、不予纠正，甚至庇护、支持和纵容。

溺爱和宠爱都是对孩子的娇惯，都是施爱者不会给予爱的表现，实际上就是糊涂的爱。他们以为一味的物质给予和欲望满足就是在爱孩子，殊不知这样做势必会养成孩子自私、任性等不良习气，严重的还会导致孩子丢失良心，无视他人的正当权益，一切以自我为中心，甚至养成骄横、放纵、挥霍无度等恶习。而恶习一旦养成，终身难改。

记得儿子上小学三年级的时候，在放学回家的路上偷吃了别人的豌豆角儿，他妹妹把这一情况告诉我们之后，他爸爸严厉地批评了他，并责罚他写出检讨，保证以后不再重犯。当时儿子检讨写了，保证定了，但背地里恫吓他妹妹，扬言如果再告他的“状”就把她杀了，然后自己去投河。我们知道这个情况之后非常生气，认为儿子写检讨、定保证只是为了应付，他骨子里并没有认识错误，并把爸爸对他的批评教育归罪于妹妹，还对妹妹进行恫吓，而且其恫吓语言十分恐怖。我们分析其意图有两种可能：一是为了镇住妹妹，使其不再告他的“状”；二是他真实思想的反映。不是说孩子喜欢说真话吗？因为小孩子完全没有社会阅历和对负面生活的实际感受，社会上未成年人懵懵懂懂地做错事、走极端的情况时有发生，这些都提醒我们对这个问题不可小视。

在与他爸商量后，我们认为，这件事很有必

要对儿子进行适当惩罚，最好是让他尝尝溺水的痛苦滋味，把他的这种邪念扼杀在萌芽状态中。

时值初夏，天气比较炎热。一天傍晚，他爸爸一边推搡着儿子一边呵斥："你不是要去投河吗？我现在就让你去投！"儿子吓得大哭，拼尽全力企图挣脱。这时，堤管员王爹连忙跑来解围，要儿子向爸爸认错。待儿子一个劲儿地认错之后他爸爸才罢休。

虽然这次没有让儿子感受到溺水的实际滋味，但是我想对他的吓唬和震慑也会使他记忆深刻的。

事后我又以谈心的方式教育儿子要坦坦荡荡做人，光明磊落做事的道理，给他讲"小时偷针，长大偷金"的事例，告诫他不做任何危害社会和损害他人利益的事。

通过这次教育，儿子开始有了"是非对错"

观念，为他养成良好品质打下了较好基础。

3.责任心和教育合力对孩子的健康成长至关重要

在我们乡下有句老话，叫做“子不教，父之过；女不教，娘的错”。在我看来，这话有对的一面，也有错的一面。对的方面是它强调了父母对子女的教育责任；错的方面是它把“父对子，母对女”的教育截然分开。实际上，父母对子女的教育负有共同的责任，除性别方面的教育有所分工之外，绝大多数的教育，父母都有共同的责任，都要相互配合，形成合力。而且，这种责任心和教育合力在对孩子的整个监护过程中要坚持不懈，贯彻始终。

生活中有些母亲情绪好的时候责任心很强，但情绪不好的时候就不行了。这时候孩子提出什么问题她们就可能会不耐烦地吼孩子："去，去，去，一边玩去。"或者采取踢皮球的办法："找爸爸问去。"她们不知道这样做也会影响孩子的情绪，会挫伤孩子的积极性和损害孩子的求知欲。坚持不懈，一如既往地对孩子负责，及时、耐心地为孩子"传道"、"授业"、"解惑"，就会爱护好孩子的积极性，满足孩子的求知欲，从而成为孩子的良师益友。

我儿子出生后，他奶奶、外婆已经去世，虽然他爷爷已五十多岁，但在农村还算是一个硬劳力。这样，就只好由六十多岁的外公照管。而且，外公还要照管我姐三岁多的小女儿。我的女儿只比儿子小一岁，她出生之后实在没人照管。这时，年近八十的老太说："把孩子放我这儿吧，你们上班太忙，好歹我的时间比你们宽裕些。"但我坚决不同意，就是再苦再累也要把孩子留在身边。

在我看来，只有把孩子留在身边才能熟悉孩子，才利于亲情培养、品格培养和智力开发，才是真正对孩子负责。

带孩子是件既辛苦又麻烦的事。为了对孩子负责，我不怕麻烦，也乐于吃苦。我在不影响正常工作的前提下，每天对各项家务包括照管孩子都要做周密合理的安排，尽一切可能地利用好时间的边角料。有时实在照顾不过来，就请负责任的熟人临时照管。

孩子们稍大一些之后，很喜欢缠着我问这问那，无论多忙，我都会耐心地回答他们提出的问题。在孩子们具备一定的阅读能力之后，我就尽可能引导他们去阅读有关书籍，以获取知识，破解疑虑。

还有一些母亲在教孩子的问题上不同丈夫商量，常常出现我教你护、你教我挡的情况，以致孩子无所适从，极不利于孩子的健康成长。这就像拉车一样，你往前拉，我朝后拽，车子怎么能前进呢？如果能在教育孩子的问题上坚持和丈夫有商有量，做到统一思想，认清目标，心往一处想，劲往一处使，形成一种教育合力，就会出现“一加一，大于二”的效果，孩子就进步得快。

以儿子偷吃别人的豌豆角儿又恫吓他妹妹的事为例，当丈夫把儿子朝河边推搡的时候，我心疼极了。如果我们事先没有商量好的话，我就极有可能冲过去护着孩子，甚至会骂丈夫“心狠”，如果真是那样的话，还会收到好的教育效果吗？

二、言传身教影响孩子

人们常说：“父母是孩子的第一任老师。”

特别是我们做母亲的，和孩子接触的时间最多，孩子也最喜欢模仿我们。所以，我们的言传身教对孩子的影响最大。如何以自己的言行影响孩子呢？一般来说，要求孩子做到的，我们要首先做到。

比如，我和丈夫都喜欢看书，孩子们也有事无事地看起书来。开始由于识字不多，他们把书中的句子连贯不起来，意思自然也不明白。这时候，我们就把一些儿童读物拿过来念给他们听，念的时候还指着书中的字让他们看。这样，他们认的字就越来越多了，过不了多久就能看懂一些简单的故事书了。书中的故事情节吸引着他们，他们看书的兴趣也就越来越浓了。

兴趣是一种向往和被吸引的心理反应，并由此产生强烈的心理驱动和奋发努力的内在动力。

培养孩子们的学习兴趣首先是培养他们的阅读兴趣。阅读是孩子们获取知识的最有效途径，浓厚的阅读兴趣将使孩子们受益终生。

在孩子对书籍产生一定兴趣之后，特别是在他们具备一定的阅读能力之后，我们就念一些系列故事书给他们听。当他们听得入迷之后，我们却借故什么事由戛然而止，给他们留下一个悬念。当他们纠缠着让你继续念下去的时候，你不妨甩给他们一句话："那儿有书，你自己看去吧。"随后你就会看到一个劲儿看书的孩子。

连续多次的诱导训练可以使孩子们养成良好的阅读习惯，而良好的阅读习惯则使他们获得越来越丰富的知识。

随着孩子们年龄的增长和学业的梯级而上，他们看书的本领越来越大了，他们的视野越来越开阔了，知识面也逐步扩展开来了。在读大学期间，儿子还能常在学院刊物上发表一些作品。他在通讯学院写的配乐诗《雪域高原的召唤》和论文《论军官轮换制的科学性》分别获得了学院的一、二等奖。女儿考研也获得了学院专业第一、总分第四的好成绩。

三、体贴入微地关心孩子

孩子们的成长过程并不是一帆风顺的，他们常会遇到一些坎坷和波折。我们做母亲的，既要严格要求孩子，又要体贴入微地关心和照顾孩子。只有这样，才能使孩子们满怀信心地到达胜利的彼岸。

1994年春，读高一的儿子突然患上了神经根炎，两天之内就成了一个“软宝”。最严重的时候连呼吸肌和吞咽肌都严重麻痹，除有微弱的呼吸之外，水喝不进，痰吐不出，只有涎水和泡沫在嘴边慢慢溢出。我和丈夫日夜守护在孩子身边，一边流泪，一边给他揩涎水和泡沫。后经医生多次会诊和精心治疗，病情才略有好转。

孩子正处于长身体的时期，由于病魔缠身，长期动弹不得，我们就遵照医生嘱咐，每天揉搓孩子身体的各个部位，以防止肌肉萎缩。

孩子恢复后说的第一句话就是："我还能上学读书吗?"我和他爸坚定地回答："能，一定能!"他的主治大夫蒋平主任也耐心解释："这种病只是脊椎神经发炎，不会影响你的大脑。只要医疗护理得当，也不会得后遗症。如果你能和医生密切配合，就会好转得快。"儿子噙着泪水，喃喃地说："我会的，一定会的。"

半年之后，儿子才开始下地，由我们扶着走

路。这次大病之后，他实在没有力量站稳，更没有力量迈步啊！

经过了一年多马拉松式的治疗，儿子才开始能独立行走。刚能行走时他就要求上学。我对他说：“你身体还没有恢复好，怎么能胜任繁重的学业呢？还是等康复之后再上学吧？”儿子说：“我能和同学们一起学习、一起生活，心里会好受得多。还是让我一边吃药治疗，一边上学读书吧。”我们理解儿子的心情，也只好依了他。

可是第一次参加高考，儿子只考了464分，连起分线都没达到，当时儿子伤心地哭了。

是啊，想当年高一上学期期末考试他曾是班上第一名的尖子生，这次高考连起分线都没达到，他能不伤心流泪吗？

这时，我和他爸坐在孩子身边，鼓励孩子说：

“这么大的病魔都被你战胜了，还会有过不去的火焰山吗？这次高考完全是你身体还没有恢复好的缘故，并不是你的错。在你身体还没有恢复好的情况下就能坚持一边吃药治疗，一边上学读书，这种精神是多么可贵啊！只要你有这种精神，再加上你的雄心和毅力，我们坚信，明年你一定能够考上。”

有人说：“大难不死，必有后福”，这话有一定道理。经过这次磨难，儿子的信心更足了，毅力更强了，劲头也更大了。我们在学校附近的一个朋友处找了一套房子让儿子住下，每天做骨头汤、海带、瘦肉、野生鱼、豆制品和新鲜蔬菜给他吃，以增加营养、钙质和各种维生素。儿子每天晚自习后都要沿着广场跑三圈后洗澡上床，早晨起床后又沿着广场跑三圈后再去上课。这样长期坚持，从不间断。

真是功夫不负有心人。1998年，儿子以596分的成绩和强健的体魄考取了解放军广州通讯学院。

有人说这是我们创造的一个奇迹。其实，这算不上什么奇迹，即使算是奇迹，那也是社会各界，包括学校的老师、同学，医院的医生、护士，单位的领导、同事，各位亲友以及孩子和我们共同创造的。

各位领导、各位同仁和各位母亲，科学是没有止境的，科学的母爱也是没有止境的。我从自身经历中谈到的这些认识和体会，或许与科学的母爱还沾不上边，或许只触及了一点皮毛，但好在我们是共同探讨。望众多的母亲在探讨过程中多出瑰宝，望全社会的母爱更加趋向科学，也望千百万个孩子在科学的母爱中成长为报效祖国的栋梁之材。

谢谢大家。

二零零二年四月

儿子病愈之后，家里已是一贫如洗，还欠了部分债务。特别是儿子治病耽误了两年时间，这既白白地耗费了儿子两年的青春，又使儿子停滞了两年学业，从而使他们兄妹俩在同一个年级念书了。这对我们一般工薪家庭来说，要同时负担两个高中学生的所有开销，其经济压力可想而知。

在儿子生病期间，我妻子在职的学校领导给予了大力支持和照顾，并特批她休假两年专门照管儿子。她每天为儿子配餐熬药，中午和晚上分两次送到两公里开外的临时住所。此外，她还利用我们单位的两间闲置的猪圈喂起猪来。

我妻子三岁丧母，是父亲把她一手拉扯大的。她在成长过程中缺失了一份母爱而多了太多苦难，也正是这些苦难锤炼了她的坚强，打造了她的能干。

她每天都要挤出时间去打猪草，一般都是骑自行车到乡下打一大麻袋猪草回来，遇到大风大雨也要顶风冒雨艰难行进。有一次一辆大货车从她身边驶过，风大雨急加上气浪袭来，差点把她刮到车轮底下去了。那个险呀，至今想起来还令人毛骨悚然。

在妻子的艰难操持下，我们每年还能分两个生产周期地出栏八头商品猪，还能赚进三千多块钱。在当时一个钱恨不得掰成两个钱来用的情况下，两年赚的六千多块钱可是顶了大用啊！

我妻子待人既热情又真诚。她爱每一位学生，对有特殊困难的学生，她也总会给予力所能及的帮助。玉湖中学的赵老师打篮球时脚脖子被摔成骨折，后被送到县中医院住院，他妻子也只能去医院照顾他。这时，他在我妻子班上读书的儿子的生活就没了着落，我妻子像对待亲生儿子一样把他儿子带到家里吃住了一个多月，直到赵老师出院。

我们单位的同事都说我们家里的客人最多，这话一点不假。不论是亲戚还是朋友，不论是大人的朋友还是孩子的朋友，我妻子总是热情接待，想方设法多做几个菜，尽量让客人满意。好些时候，客人加上家里的人竟会多达二十几人，都快赶上机关的小食堂了。这全都多亏了妻子的精明强干和不厌其烦。

同时，我们也经常到亲戚和朋友家去做客，去品尝人家的美味佳肴。在这些频繁的交往中，我妻子还能博采众长，不断提高烹调技艺，同时也学习人家待人接物方面的知识和艺术，以增进社交能力和增强和谐气氛。

和谐需要顾全大局，和谐需要忍让精神，和谐需要理性思维与理性行为。

1993 年评中级职称的时候，校领导班子刚开完会研究之后，个别班子成员就给个别人通风报信，以致个别人跑上跑下地进行拉票，结果我妻子因一票之差没有被评上。这种极不正常的丑陋现象理应受到抨击和谴责，但抨击和谴责的结果就可能会乱成一锅粥。当时有许多同事对此事愤愤不平，但我妻子倒显得比较冷静。她以平静而理智的方式向上级领导表达了正当的利益诉求，加上她还持有《优秀教师证书》，在上级领导的关怀下，最后以增加中级职称指标的办法解决了这一问题。

九、矛盾统一体

尽管“另外一半”具有足以征服我的人格魅力，但我们夫妻之间还是会经常发生一些矛盾和冲突。

由于时代、社会和自身因素等原因，我既没有事业的成功，更谈不上实现较高的人生价值，一辈子平庸无为，只有寄希望于子女，实现“用心培养好子女”的第二目标。

就是在培养子女的问题上，我们之间也发生了诸多矛盾。

现在不是有一种时髦的提法“再穷不能穷教育，再苦不能苦孩子”吗？对于这种提法，我是持有异议的。我认为“再穷不能穷教育”表明了全社会对教育的重视，而且把教育放在优先发展的地位，这是无可非议的。但是，我并不认同“再苦不能苦孩子”的提法。相反，我还主张在孩子的成长过程中让他们吃适当的苦。完全不吃苦的孩子不会懂得艰难辛苦，很难具备勤俭品质，不会尊重别人的劳动和珍惜别人的劳动成果，同时也不利于意志的培养和能力的增强。

我比较欣赏一些欧美国家的做法。这些国家的孩子到了一定年龄之后，父母就会要他们到社会上去独立地做一些事情。比如在瑞士和挪威，父母们在孩子初中毕业之后就逐步放开手脚，让他们接触社会，去打工或接受其他磨炼，用自己的能力去获取收入。在美国，再富足的家庭也要孩子打工，孩子们也以花自己挣的钱为荣。

现在，我们国家也出现了一些贫困学生一边

打工一边完成学业的情况。一般来说，这些学生融入社会的能力和谋生的本领都会更强一些，但这都是因生活所迫而为之，很少有条件优越的家庭有意识地让孩子去经受磨炼。

我妻子对孩子的爱可以说是全身心的，凡是孩子的事她都可以一揽子全包下来。我常常提醒她对孩子的爱要适度，过度了就是娇惯。年轻的时候她还听得进去，年纪大了就越来越听不进去了。现在她对孙子们更是爱得不行。有时候我会措辞激烈地责备她“惯坏了两代人”，由此引发了我俩激烈的争吵。

随着年龄的增大，老伴的病也越来越多，心情越来越躁，脾气越来越大。我的动手能力本来就差，再加上患有支气管炎，所以家务活总是老伴做大头，我做小头。这样，老伴似乎也有了训人的资本。我常常成了她的“出气筒”。我喜欢看《中国新闻》、《百家讲坛》，看看书或者写写字什么的，就是这点嗜好，她也极力讽刺挖苦，有时候说得烦不过，我就反唇相讥，说出一些尖刻的话来。如“当时我要不是一个船古佬，是绝不会娶你这个母夜叉的”，以致说得她哭笑不得。

老伴这病那病，但最大的病还是失眠症。这种病比高血压还厉害。高血压只要坚持吃药还可以控制，而失眠症吃了许多药也不见好转。实在不行了只好吃“安定”，开始吃一片还可以睡两三个小时，后来吃两片都不大管用了。老伴担心这样吃下去会产生副作用，所以吃了一段时间就不肯吃了。现在，老伴的睡眠状况一直不好，常常精神恍惚，显得异常衰老、憔悴。

我和孩子们都很着急，除了打探药方继续用

药之外，女儿还特地为她买了“保健足浴器”。此外，我和子女都认为她必须调整好自己的心态，但老伴矢口否认。于是我们又开始了唇枪舌剑。

我说：你也太强悍了，你现在已经是退休老人了，还不转变自己的角色吗？都这么大年纪了，还想管这管那，你管得了吗？怕儿子抽烟太多，怕儿子喝酒喝醉，难道儿子还是未成年人吗？难道他不知道“不抽烟对肺有好处，少喝酒对肝有好处”的道理吗？即使他现在还没有认识到，我们要相信他在今后的实际生活中总会认识到的嘛。不是说“实践出真知”吗？什么问题都是通过亲历亲为才会认识的，有些问题甚至需要付出代价才会认识。所谓“不撞南墙不回头”，说的就是这个道理。

几个连发之后，我又跟她讲起了郑板桥的

“难得糊涂说”。这次她好像比以前老实了许多，再没有和我对抗到底了。

虽然我们夫妻之间矛盾很多，但多数时候都能达到统一。即使一时统一不了，也能做到“和而不同”，允许各自在实际生活中去进一步体会和认识。

总之，我们之间的矛盾绝不会发展到势不两立的地步，相反，时间越长越觉得谁也离不开谁。我离不开老伴是因为她有比较高超的厨艺和“甘为孺子牛”的服务精神，跟她在一起总有享不完的福。老伴离不开我的原因可能是多方面的：也许是因为我还能为她分担部分家务，也许是因为我还能为她解除些许寂寞，还有可能是因为我喜欢打点小牌对我放心不下。总之，不论什么原因，只要是我另处一方，老伴准会电话频繁，紧催不已。

十、末班车

我在区水运社工作了两年多时间，后来行政体制由区变更为公社之后，我们所在的玉湖公社要重新组建一个“安全办公室”，由公安特派员领导。当时卢特派员与工交总支的负责人商量抽调我到安全办公室工作。

当时到安办工作的还有财贸总支的杨君、李君和文卫总支的赵君、熊君。这支精悍的五人小分队在公社党委和卢特派员的领导下，在坚持安全生产、维护社会治安、处理一般案件和包村驻队等工作中取得了较好成绩，年终机关总结评比时被评为先进单位。

1976 年 9 月，中国人民心目中的一颗最红的巨星陨落，接着就是“四人帮”的倒台和清理与“四人帮”有牵连的人和事。在这一政治变更中，地区三善垸水利工程管理处（当时还称为水管会）的一位干部因思想抑郁转不过弯来而上吊自杀，这一减员引起地区农村政治部下发《干部商调函》，又经县农村政治部转到玉湖公社党委。经三善垸水管处领导与玉湖公社负责人商量，决定由我去填补这一空缺。

说是干部商调，实际上调来的却是一名地道的临时工。1979 年长期临时工转正，又因我退伍后在集体单位工作了一段时间而被拒之门外。

尽管求职道路坎坷，但我痴心不改，执著追求。我想，只要自己认真做事，踏实工作，愉快地完成各项工作任务，总有一天国家的职工队伍会接纳自己的。何况还有电影《列宁在一九一八》

中瓦西里的一句经典台词在激励着自己：“面包会有的，牛奶会有的，一切都会有的。”

同时，我还注意提高自己的学识和素质。“文革”十年，高考制度被中断，各类人才青黄不接。现在不是时兴成人高考，把失去的学识与文凭补回来吗？于是我也参加了县“自考办”组织的高校自学考试。

当时参加自学考试的人很多，但十有八九都被淘汰。据当时在县委组织部任职的邓科长说，县委秘书班子的人都被淘汰出局了。而我居然还能闯关过隘，于 1988 年获取了大专文凭，回想起来倒也感到几分欣慰。

随着改革开放的深入和国民经济的发展，各行各业都不得不以各种用工形式来增补人员。那时候在水利部门的职工队伍中，“背米袋子”的情况比较多见。甚至还有人反映说："某某专员在某某单位任技术员时我就和他一起工作，那时候我就是'背米袋子'的亦工亦农人员。现在人家当专员了，而我却还在'背米袋子'。"

虽然"背米袋子"的用工形式简单方便，但显然跟不上现代化管理和科技发展的要求。为此，省水利厅报请省政府批准，会同劳动人事部门一起于 1986 年择优转正了最后一批长期临时工，我在三十八岁的时候有幸搭乘了这趟"末班车"。

当时水利系统还长期存在一般职工独当一面地负责某方面工作的情况，这种以口头形式指定的临时干部名不正，言不顺。既不利于权利的行使，也不利于责任的履行，更不利于主观能动性的发挥。鉴于这种情况，省水利厅和省人事厅于 1996 年联合下达了一批录干指标，市局给我们单位分配了两个名额。这样，就像过去考秀才一样，凡有参考资格的职工全都涌入到荆州师院参加了录干考试。

毕竟我是“文革”前的“老三届”，自学考试又补上了大专文凭，所以考试成绩自然占有明显的优势。但是，当时我已经四十八岁了，据上级文件称，这次一般只录用四十五岁以下的人员，对有特殊贡献的，可延至四十八周岁。

当时在单位领导、市水利局、人事局的共同运作下，我被幸运地录用了。

这次不只是搭乘了最后一趟“末班车”，而且是打了一个玄之又玄的“擦边球”。

可以说，转正和录干是我人生旅途中迎来的又一个“春天”，尽管是迟到的“春天”，但也该“翻身农奴把歌唱”了。

经过一个多月的岗前培训之后，我被市水利局党委任命为三善垸水利工程管理处办公室主任。

十一、是领导也是益友

自1977年来到三善垸水管处之后，我经历了三位领导人的领导：邓老、徐处和张处。

应该说，三位领导人各有所长。虽然邓老比较哆嗦，但为人厚道，工作认真扎实，且非常细心，他把我们单位管理得井井有条，在物质生活方面，我们单位在当地属一流的好。

徐处有背景，能耐大，工作起来大刀阔斧，很有魄力。他做过诸多好事，特别是单位升格和机关搬迁到公安县城，这些在单位建设史上都具有划时代意义。但也给单位留下了一定后遗症：人员超编，机关搬迁后留下了部分债务。

张处接手后，单位明显掉了造化。他本人不

仅没有徐处那样的背景，而且初来乍到，人事、环境生疏，以致资金渠道锐减。再加上人员超编，经费出现较大缺口。有几年职工只能拿百分之八十的工资，单位也拿不出钱交职工的养老保险金。

当初张处想通过发展综合经营以缓解经济压力。那时养殖中华鳖的行情看好，而且正好单位有一块两亩多水面的鱼塘，于是经过支部研究，决定从养殖中华鳖入手。

真是“穷人发奋，天心不顺”。当时正值计划经济向市场经济转型的过渡时期，我们购买鳖种时价格涨至“浪尖”，出售时价格跌至“谷底”，再加上缺乏管理经验，以致血本亏空。

这次失误对经济本来就不景气的单位来说无疑是雪上加霜。对作为单位一把手的张处来说，经济压力就更大了。

难能可贵的是，张处能够从容应对，执著追求。凭着他的赤诚、坚韧、智慧和能力，硬是在短短几年内引领全体职工走出了经济低谷。

张处是位很实在的人。他处处以身作则，事事贴近群众。在改革过程中，他采取两种办法裁减超编人员：一是辞退所有临时工；二是鼓励部分职工下海务工经商。

辞退临时工时，他采取“借势”与“温情”并用的办法。所谓“借势”，就是借中央、省、市有关清退行政事业单位临时职工的政策之“势”。所谓“温情”，就是帮助被辞退人员落实责任田、责任鱼塘或短途客运等项目。这样既坚持了原则性，又富于人情味，被辞退人员也都乐于接受。

鼓励职工下海务工经商，采取的是“尊重意愿，收益独享，风险分担”的办法。对于有一定门路，又有一技之长，自己也愿意下海务工经商的职工，单位采取鼓励政策，即务工经商的收益归该职工独享，另外视其工龄长短单位发给其基本生活费，使他们能在经受任何风险和不测时，生活仍有着落，正常情况下其收入远远高于在职工资水平。

张处从不谋求政策范围以外的任何利益，但他愿意在力所能及的情况下支持职工致富。他是一位处级干部，老婆、孩子都有较好的工作，按说他的家庭收入不菲，但从家庭环境来看，在我们单位也就是个中等水平，还远不及部分职工富有。

正是张处的这些素质与品格，感染和凝聚着全体职工心甘情愿地跟随他去共克时艰。

张处心胸开阔，乐于放权揽责，抓大放小。

他对单位只是宏观掌控，一般事务都放手让副职和科室干部去做，他则用更多的时间和精力去谋求单位的建设和发展。很难想象，他是如何叩开省委重要领导人的大门，呈递上《重建蒲田咀闸》的报告并得到领导批示，从而使这座古老的苏式水上建筑毁于一旦而重获新生的。

由于张处扎实而有成效的工作，很快使单位职工人数回归到额度范围。随着时间的推移和工作上的频繁接触，上级领导和机关工作人员都熟知了张处的为人，他们也都乐于为我们单位排忧解难。在上级领导的支持和全体职工的共同努力下，单位很快走出了困境，不仅全额发放了职工工资，而且还清了所有债务和补交了全体职工的养老保险金。

从如履薄冰到得心应手，从人事生疏到左右

（三善垸自排水系的总出口——新建的蒲田咀闸外貌）

逢源，充分彰显了张处的活动能量与人格魅力。

我在张处手下工作多年，有幸感受到张处的优秀品格和为人处世之道。“以人为镜，可以知得失。”我以张处为镜，得到的是宽厚、仁爱、公允、平和、低调、豁达和大度，丢掉的是狭隘、任性、偏激、自负、意气用事和火爆脾气。

记得当初在邓老属下工作时，有一年因玉湖

的腾湖蓄渍与水产养殖的水位之争，玉湖公社的负责人王某把指头掸在邓老的脸上，我心里愤愤不平，认为这是欺侮邓老和我们单位。后来沙子口抢险，玉湖公社派人来湖口闸调运器材，我想方设法进行搪塞拖延而受到了邓老的严厉批评。

（三善垸调蓄区，玉湖的总出口——湖口闸外貌）

后来在徐处属下工作时，竟为几句闲言碎语而认真较劲……

真是十足的书生气，一味的浅薄无知！

耳闻目睹张处的为人品质和处世风格，能不使我有所感悟、有所启迪、有所升华吗？

十二、尝试谋生本领

1999年初，在最后一次讨论机构改革的支部会议上，工管科王科长发言："机构改革已辞退了所有临时工，分流了部分职工出去务工经商，人员已精简得差不多了。现在，我建议让五十岁以上的老同志退下来。具体地说，就是让我和老雷退下来，这样也可以体现党员干部在机构改革中应该起到的作用。"

显然，王科长说的是中肯的。在没有一定技能和门路的前提下，要哪位年轻人下来，他都不可能是心甘情愿的，而要老同志下来，自然就比较合乎情理。

当时会场上，所有人对王科长的意见都不可

置否，也没有人提出其他意见。

既然王科长提到了我的名字，那我就得表明自己的态度。

我是一个在任何时候、任何情况下都很硬气的人，当即表示愿意离岗内退。

当时我才刚满五十一岁，以自己的体力和精力还是可以做一些事情的。

社会上常常称我们这些工薪族是“吃皇粮”的人。在计划经济时代，“吃皇粮”就是“铁饭碗”的代名词；但是，在市场经济时期，“吃皇粮”也不是铁板一块，也有可能受到各种挑战和冲击。从保险意义上看，人还是具有一点自由职业者的本领好。

这时候，我就萌发了增长一点自由职业者本领的想法——撇开单位发给的基本工资，凭自己的能力挣一口饭吃。

现实地说，我当时的情况很有点不伦不类：打工去吧，既无特长年龄又偏大；做生意吧，又没有本钱。

这时候有人给我出主意：开茶馆试试。

开茶馆看起来简单，但只凭一个人折腾实在不胜其力：既要买菜做饭，又要准备茶水，还要打扫卫生，特别是要陪人打牌，常常白天连着晚上……这样坚持了两个多月就实在坚持不下去了。

当时妻子还在毛家港小学教书，在校老师的家属都被安排在食堂或学生公寓上班，我自然不属于被安排对象，但其中有一位家属鲁女士被安排养猪，她觉得自身力量比较单薄，竭诚邀请我加盟，我欣然应允。

好在我还有点养猪技术，又有鲁女士的负责

和勤快，再加上学校的剩余饭菜比较丰富，所以一年下来效益还比较可观。

虽然这只是人际间一种小小的合作，但由于是真诚的合作，所以仍能显现出甜蜜的滋味。

后来学校改变了养猪形式，我们的这种合作自然也中断了。以后我又间歇性地做了一些其他事情。

2004 年春，毛家港财政的刘兄极力推荐我帮忙征收农业税。经财管所同意并报镇政府批准，我如愿以偿地当了一年的农税征管员。

但征收农业税也相当于“吃皇粮”，并不能体现凭自由职业者本领挣饭吃的荣光。

后来实现这一愿望的机会很快就到来了。当时教育组的余兄从东莞做出租屋生意回来，他想约我和财政的刘兄重返东莞做出租屋生意。

但是，做出租屋生意是要本钱的。

当时我儿子刚参加工作，女儿还在读研。家里不仅没有余钱，还欠着部分债务。

当我把这些情况和盘托出时，正好被煤厂的曾老板听见了。他当即慷慨陈词："只要你出去做生意，我立马借给你三万元。"

这真是求之不得的雪中送炭。有了这三万元本钱，剩下的缺口余兄和刘兄就可以帮助凑齐了。

于是我们三人成行，于2005年春在东莞的厚街接了一幢房子。经营一段时间之后，我们算了一下账，每个月除去生活费和其他开支后，每人每月还能分到一千五至二千元。

这样的收入水平比我当时的工资还多，所以我还颇有成就感。但余兄就不行了，因为他以前经营出租屋每月纯收入五六千元，所以对这点钱就看不上眼了。

刘兄则是另外一种情况。他对当时的收入情况还比较满意，只是他身体欠佳，一爬楼梯就汗流不止。据医生诊断说是“房颤”。对此我们三个人都比较担心。

更加不妙的是，受金融风暴的影响，当地工业也出现了滑坡现象，不少企业开始限制生产、迁并甚至停产，但出租屋还在不断兴建，这就勾勒出了出租屋行情面临走低的总体趋势。

在这种情况下，余兄和刘兄坚决不想干了。这时正好我的两个朋友王君和朱君来考察出租屋行情，他们觉得我们经营的这幢房子还行，只是一定要我参加他们才接手。于是我只好留下，把余兄和刘兄撤下来了。

余兄是一位豁达、大度、乐观、能干的人，

他既是我们的兄长，又是我们的领路人。刘兄是位憨厚、朴实、仁义、有亲和力的人，我们三人是很亲密的朋友。

既然是亲密朋友，说话自然就很仗义。一次，余兄开诚布公地对我说："如果我不和你们一起经营出租屋，可以说你和老刘都搞不好。"

余兄说的是老实话。老刘长期从事行政工作，一般情况下动嘴皮子的时候多，动手的时候少。我的动手能力更差，一般只会做一些简单活和直通活，对于复杂些的或技术含量高些的活就不能胜任了。

但余兄的话还是说得绝对了一些。因为世界上没有一成不变的东西，即使像我这样动手能力很差的人，在关键时候也会学几手的。

于是我很有底气地反驳余兄："我就不信这

个邪，不信我们试试看。”

我的话也确实在后来的经营活动中被证实是说对了。

王、朱二人加盟后，因王君还在跑常德至西安的客车，所以就只好把夫人加盟进来。王夫人在买菜做饭、洗整被服和接待客人方面是一把好手，但在其他方面就不能胜任了。朱君虽然亲自参加，但前几年在渔场当老板，安排别人做事还行，自己动手就差远了。再加上深度近视，他只能值值班，做做卫生或接待客人什么的，对其他的事，就是地道的门外汉了。

这时候，我就“山中无老虎，猴子充大王”了。什么墙壁的粉饰，电器具的更换和小故障的排除，水管道渗漏的处理和堵塞的疏通，闭路电视的增添和更换等都是我干。要是来了几个小混混，也是由我出面挡驾或者驱逐。至于与老板和外界的交涉，我也是当仁不让，义不容辞。

虽说当时我反驳余兄的底气很足，但追根溯源这种底气还是来自余兄。经营出租屋，我本来就是个门外汉，但跟余兄摸爬滚打了一年时间，后来的这点本事都是跟余兄学的。虽说没有拜他为师，但也大有“剽窃”之嫌。

这样我们又经营了十个月时间，虽然收入水平和原来差不多，但情况又有了新的变化。一是朱君前几年在湖南承包湖泊养鱼赚了几十万，而现在一年才赚一两万元，这种反差太大；二是我女儿快结婚了，老伴和子女都不让我干了，于是在 2006 年年底就把房子转出去了。

十三、做人是根本，做事是目的，健康是保证

现在回过头来谈谈对子女的培养教育问题。

长期以来，在培养教育子女的问题上普遍存在一种社会现象，就是家长的目光总是死死地盯着孩子的分数。这种社会现象是应试教育引发和积成的。因为从小学到大学，从硕研到博研，分数一直是录取和淘汰学生的唯一尺度。特别是在计划经济时期，只要被大学或中专录取，就等于捞到了“铁饭碗”。因为国家一直沿袭的是计划分配体制，并不存在凭能力竞争上岗的问题。

现在，社会已进入市场经济体制时期，和以前比较发生了和正在发生着一些变化。有些高校在录取新生时，除了要求分数上线以外，还增加

了一道面试关口。特别是高校毕业生的就业与用人单位实行了双向选择方式，这就充分显示了全社会对能力的看重，在很大程度上遏制了高分低能现象的泛滥与蔓延。

现实生活中我们常常能看到有些高校毕业生在聘用单位由于动手能力差，又缺乏人际间的沟通和交流，对领导分配的工作什么都做不了，只好卷铺盖走人的情况。甚至还有博士生在单位和领导、同事处不好关系，以致陷入高不成、低不就，只能待聘家中的尴尬境地……

种种情况表明，在培养教育子女的问题上，素质教育显得多么重要啊！

在教育问题上，以前有德智体全面发展之说，现在有素质教育的热议。鄙人不是教育工作者，对素质教育的内涵不甚明了，只是凭着一种朴实的观念认为：做人是根本，做事是目的，健康是保证。

按照这种观念，首先是教育孩子学会如何做人的问题。如果一个孩子不具备做人的基本素质，一是不可能把事情做得很好，二是还有可能在复杂的社会环境中步入歧途，做出一些有悖于社会、有悖于人民的事来。其次是要教育孩子学会做事。孩子成年之后总是要做事的，不做事就是废物一个。可以说，孩子学会做人的目的就是为了做好工作，成就事业。但是，仅仅学会做人、学会做事还不够全面，还应该加上一句：健康是保证。因为你人品再好，能力再强，如果没有好的健康状况也是枉然。

可以说，学会做人、学会做事和增强身心健康这三者相辅相成，缺一不可。

我认为，学会做人的基本要素包括道德品质、为人处世和修身克己三个方面。

学会做人，首先要培养良好的道德品质。好的道德品质主要表现为思想健康、行为端正、诚实守信、勤劳俭朴、谦虚谨慎、爱祖国、爱人民、有理想、守纪律、团结友爱、具有较强的意志力和情绪控制能力等。

道德品质涵盖了一个人的思想、性格、品行、习惯、操守等方方面面，是一个说起来容易，做起来很难的问题，它需要有坚定的信念和恒久的坚持，并经过长时期的认识、体验、修养和磨炼，才能逐渐达到预期效果。

具备好的道德品质固然做起来很难，但只要你做好了，就会达到较高的境界和品位，就会在自己的生活圈子里得到较好的人气和广阔的人脉，人们也会自然而然地对你产生信任感和关爱度，你就会在各种社会活动中得心应手、游刃有余。反之，如果一个人不具备好的道德品质，一般情况下人们都懒得搭理他，甚至会对他产生反感。这样的话，他还会有什么人气和人脉可言呢?

学会做人，其次要学会为人处世。为人处世最基本的是要懂得人情世故和礼尚往来。要逐渐娴熟人际间的交往和应酬，进而在尊重和理解别人的基础上关心他人；要学会人际间的沟通和交流，学会人际间的合作与分享，学会在平等基础上以协商的方式处理矛盾和解决冲突。总之，要学会与人相处的各种知识与技能，养成“和以处众”的习惯和与人相处的良好态度。

鉴于现在许多年轻人不懂人情世故，不知礼尚往来，不会人际间交往的状况，我们应该更加注重教育和增强孩子在为人处世方面的知识和技能。

如 1984 年我妻子从黄金口小学调到毛家港小学后，我们就有意识地安排儿子和他在黄金口小学的好伙伴何勇利用周末和节假日行行走走，从不间断。小升初后，他们俩都被玉湖中学录取，我们又安排何勇在我们家吃住，让他们在初中三年的学习生活中形影不离，友好相处。让他们互相学习、互相帮助、取长补短、共同进步，从而结下了深厚的友谊。虽然他们现在天各一方，但一直亲密无间。

从小学到大学，从硕研到参加工作，我们总是支持和鼓励孩子们广交朋友，交益友、诤友、挚友。实践证明，这些举措不仅使孩子们在待人处世方面打下了较好基础，同时也培养了他们真诚、友善、开朗、大度等品格。

人的社会属性决定我们要把孩子们投入到社会中去，让他们在复杂、冗繁的社会中摔打、历练，从而体验情感、发展心智、增强社交能力。那种“两耳不闻窗外事，一心只读圣贤书”的做法，势必把孩子培养成术业超群而心灵空洞、心智缺失的人。所以千万不能把孩子封闭起来进行培养。

学会做人，再次是要学会修身克己。做人必须自觉地致力于提升自身价值，而自身价值的提升正是在不断地修身克己过程中实现的。

所谓修身，就是修养品格，陶冶性情，保持良好心态，使人逐步超越原生状态而进入更高境界。

但是，修身离不开克己。所谓克己，就是克服自己身上的弱点和性格缺陷。比如，创事业、做学问要克服懈怠心理；抵御诱惑、防止堕落要克服薄弱意志；理智地处理问题要克服冲动情绪等。

有位哲人说得好：面对敌人、战胜敌人只是匹夫之勇；面对自己、战胜自己才是智慧之勇。如此看来，善于修身克己的人，是智慧的勇者；而那些掩饰袒护自己的缺点和错误，拒人于千里之外，老虎的屁股摸不得的人，则是愚蠢的懦夫了。

人的圣明并不在于他不犯错误，而在于犯了错误之后能够正视自己的错误，改正自己的错误。

“贞观之治”时期的唐太宗就犯过许多错误，但每次犯错误之后他都在大臣们特别是魏征的劝谏之下改正了。有一次，唐太宗在朝堂之上一直坚持错误，而魏征则坚持规谏，寸步不让。这使太宗因下不了台而大为光火，于是只好立即宣布退朝，然后怒气冲冲地拂袖而去。

回到后宫之后，唐太宗余怒未消，声言一定要杀了魏征这个乡巴佬。这时候，长孙皇后立即跪奏："恭喜皇上，贺喜皇上，您有魏征大人这样的贤臣，那真是您的福气啊！您想想，魏大人的哪一句谏言不是诤言、挚言和忠言啊！您应该高兴都高兴不过来哩，怎么还说要杀掉他呢？"当时唐太宗恍然大悟。第二天上朝后，他不仅宣布改正自己的错误，还大大赞扬和赏赐了魏征。

封建时代的皇帝本来就拥有生杀大权，坚持自己的错误就更不在话下了。但唐太宗毕竟是唐太宗，他听了长孙皇后的一席肺腑之言后，竟然不怕丢面子，坚决改正错误并奖偿了魏征，你能说他不是千年一帝的明君吗？

学会做事的基本要求主要是要学好各种专业

知识和各项实际技能。在当今社会，尤其要注重综合能力的培养。

人们说某某人很有本事，就是说这个人很会做事，而很会做事是靠能力做成的。

能力是以做事的能量大小、好坏程度、速度快慢为评价的系列行为所反应的、以实际操作为特征的智力和体力的综合效应。

在未来的职业生涯中，一个人的能力远比学历重要。学会做事，就是要学会适应未来职业的各种能力。

这样说，是不是孩子在校期间的分数就不重要了呢?

我们说，孩子上学读书的主要任务是获取知识，获取知识的目的是为了更好更快地获取能力，为以后踏入社会作准备。而检验获取知识的主要尺度就是分数。所以，孩子在校期间的分数还是相当重要的。张铁生的白卷时代肯定是一去不复返了。

应该说，分数和能力对孩子来说都很重要。分数是进入高层次学府的敲门砖，能力是与社会接轨的基石，是孩子踏入社会之后谋生创业的最基本、最主要的手段。分数只是衡量孩子获取知识多寡的尺度，它只能起过渡作用，它的最终目的还是要转化为能力。起终极作用的还是能力，能力维系孩子的一生。

现在有一种提法：分数重要，但不是最重要，最重要的还是能力。这就为所有的师生和家长提出了一个目标，即注重分数，但更注重能力的培养。单一的分数观念极有可能把孩子引入高分低能的歧途。只有既重视分数，又重视能力的培养，才能使孩子步入学以致用、更能适应社会需求的坦途。

再说健康。

健康包括生理健康和心理健康两个方面。鉴别一个人是否健康，世界卫生组织制定了四条标准：①是否有生理性疾病和遗传性疾病；②是否有良好的自我控制能力；③是否能正确对待外部的环境；④是否处于心理平衡的良好状态。

对于遗传性疾病，除了倡导优生优育之外，目前科技界尚无解决办法。

如何应对生理性疾病，通常有上、中、下三策之说。加强体育锻炼，增强体质，提高抵御各种疾病的能力，从源头上预防各种疾病的发生为上策；一经发现患病，立即采取有效治疗措施为中策；发现患病后还一拖再拖，直到病入膏肓之后才进行治疗为下策。

党和国家倡导的全民健身运动，现在全国有近百分之三十的人热烈响应。积极投身于健身运动之中，这就是从源头上预防疾病的上上之策。

春秋战国时期的蔡桓公，在扁鹊三次要为他治病时都予以拒绝，直到病入膏肓之后才想到请扁鹊为其治病，结果为时已晚，只能撒手西去，这就是典型的下下之策。

现在有些人年轻的时候不按规律办事，常常兴之所致地做一些有害身体健康的事。因为年轻，正处于生命强盛时期，所以对一些疾患还抗得住，但随着年龄的增大，生理机能也会随之衰退，各种隐患就会日渐显露出来，最终出现一些很难治愈的顽症甚至是不治之症。

比如我患上支气管炎就是因为穷和愚昧，小

时候每次感冒之后不吃药、不打针，顶多就是喝些姜汤、紫树水之类的发发汗而已，有时候连这些土办法都不采用，过一个星期也就好了。这样连续多次不进行有效治疗，炎症积累起来就形成了一种并发症，这就是支气管炎。

我的支气管炎在中青年时期除偶遇风寒咳嗽多痰之外，一般情况下是不显山不露水的。直到五十多岁时病情才凸显出来，去年“十一”黄金周去厦门，感冒之后引起了支气管炎发作，仅点滴就打了十来天，服药月余才痊愈。

虽然患有支气管炎是件坏事，但也有它好的一面：正是支气管炎的顽固，我才有了搏斗的对手和锤炼意志的锻具；正是这种持续恒久的搏斗和锤炼，使我不仅有力地打压了支气管炎的嚣张气焰，而且有效地抵御了其他疾病的侵袭。

目前世人对生理性疾病还比较重视，但对心理性疾病显得比较淡然和漠视。事实上，在物质生活越来越丰富、竞争压力越来越大以及各种诱惑越来越繁杂的当今社会，人们在精神和情感方面却显得越来越缥缈、茫然和把持不住了。且不说精神错乱症患者时有发生，就是抑郁、焦虑等病症患者也有上升趋势。在这些心理性疾病患者中，情况严重的危害社会者有之，伤害他人者有之，自伤自残者有之，自寻短见者有之。对此，我们决不可掉以轻心。

对于心理性疾病，我们应坚持预防为主、治疗为辅的方针。

我的理解，预防心理性疾病主要应致力于品格的培养，如从小培养孩子随和、豁达、大度、活泼、开朗、乐观等品格。

治疗心理性疾病要有的放矢地与患者进行沟通、交流，及时进行疏导，以解开心结、除去心病，保持良好心态。

综上所述，我们在培养教育子女的问题上应树立起以做人为根本、做事为目的、健康为支撑的指导思想，努力促进三者的和谐统一，协调发展。

一个人只有具备了好的人品、强的能力和健康的身心，才算拥有了美好的人生。什么功名利禄，那都是浅表性的身外之物，不值得我们去刻意追求。唯有好的人品、强的能力和健康的身心，才具有深重的韵味和丰富的内涵，才是人生永恒的主题，才值得我们终生努力，孜孜不倦地追求。

十四、不奢求最好，但求尽可能好

每位家长都希望自己的孩子最好，恨不得门门功课第一，次次考试顶尖。可是，人总是有局限性的，人的精力也总是有限的。即使你的孩子天赋极高，且又十分用功，也很难达到门门第一、次次顶尖的期望。

家长对孩子的期望值过高，势必给孩子太大压力，而压力太大很容易扭曲心态，形成肤浅、虚荣、孤僻等性格缺陷，也容易出现高分低能的书呆子状况，严重时还会使孩子感到压抑、不堪重负而干出一些蠢事。前几年，南京市就发生了几个中学生因不堪学习压力而跳楼自杀的事件。

在现代社会中，不仅应试教育存在着激烈的

竞争，在孩子走出校园之后也存在着更为激烈的生存竞争。在这些残酷的竞争中，与其让孩子们整天紧张兮兮地搞得身心疲惫，倒不如早点教会他们舒缓压力，积极地面对现实，彼此相容，多给别人一些表现的机会，同时发挥自己的优势和特长。这样，呈现在我们面前的，将会是一片万紫千红的满园春色。

在孩子们的成长过程中，我们首先是尊重孩子们的自由发展，只是对他们在成长过程中出现的一些旁枝斜出的问题进行必要的“修剪”和“柯砍”。

儿子读初中时曾到一位同学的外婆家玩了一夜电子游戏机。这一反常现象对我刺激较大，如不及时“刹车”，将会后患无穷。于是，我立即找儿子谈心，列举了一些沉溺于玩电子游戏机而荒废学业的事例，启发他认识玩电子游戏机的种种危害。这次教育使儿子在读书期间切实与电子游戏机“断了电”。就是随后出现的上网热，儿子也能慎重对待，较好地处理了学习与上网的关系。

儿子在读初二时，由于玩性大，把英语书弄丢了，而且还瞒着我们，直到期末考试他的英语成绩不及格时我们才发现。当时我主要批评了他对自己不负责任的问题，同时也对我们家长的疏忽进行了自责。事后还采取了两项措施：一是在暑假期间督促他背英语单词；二是让他重读了一年初二，重点把英语成绩赶上去。

我的两个孩子智力一般，学习成绩大都是中等偏上。他们不仅在平时的学习中有过一些不尽如人意的时候，就是在高考中也有过失利。在这些时候，我们总是耐心地启发他们从自己身上寻找自信，帮助他们燃起希望的火焰。他们也总是能够振作起来，经过更加刻苦的努力，而最终走向了成功。

我们虽然看重孩子们各门功课的分数，但我们决不要求他们同那些尖子生攀比。一句话：不奢求最好，但求尽可能好。

所谓尽可能好，就是尽力学好各门功课，尽量多地博览群书，尽可能在各项活动中锻炼能力，尽可能地挖掘潜力，发挥自身优势，做最好的自己。

当各种兴趣班、艺术培训班蓬勃兴起的时候，我曾征求过孩子们的意见。结果是，儿子什么班也不进，女儿愿意进美术培训班。对于女儿的意愿，我们当然尊重并大力支持。

女儿也没辜负我们的期望，她不仅考入了湖北工业大学的艺术设计学院，而且在毕业前以全学院总分第四的成绩考取了该学院的硕士研究生。

读研时，她在学好各门功课的前提下，坚持在本学院和其他学院代课，并积极参加各种艺术设计竞赛。在此期间，她分别获得了省环保局和省美术家协会联合举办的“石首麋鹿自然保护区区徽”设计和“中国·汉正街产品外观设计大赛”的三等奖。2005 年，硕士毕业的女儿分别参加了本学院和广州 K 学院的招聘考试，都获得了成功。后来，她毅然选择了在位于改革开放前沿的广州 K 学院任教。

儿子读高一时因患神经根炎耽误了学业，1998 年和他妹妹同时考取了大学，当时他被解放军广州通讯学院录取，2002 年毕业后被分配到惠州某部工作，2004 年冬被派往西安政治学院学习时考取了该学院的硕士研究生，2008 年硕研毕业后又回到原部队工作。

儿子虽然能力一般，但对工作一贯认真负责，尽心尽力，而且他还特别珍惜友谊和喜欢写点文章。在西安政院学习时曾在《军事研究》杂志上发表过几篇文章，毕业论文也被评为“双优”，2009年被调到广州S部队工作。

十五、与命运抗争的孩子

儿子命运多舛，在一岁左右对他进行身体检查时就发现缺钙。由于当时缺医少药，经多方询问后才知道以注射维生素 D 效果较好。那段时间我们天天带着他去卫生室打针。后来又发现他屁股上有了硬块，我们又按照医生嘱咐，天天给他用热毛巾敷，用手给他揉搓，这样坚持了一个多月才好。

男孩一般都比较顽皮，我儿子也是一样。读小学时，因和他妈妈在同一所学校还有所收敛，可一上初中就开始放任不羁了。自从初二把英语书弄丢、考试不及格留了一级后，他也想把学习搞好，但当时的班主任兼语文老师并不把他当回事，编座位的时候总是把他编在很偏的地方。这位老师当民办老师时和我们关系较好，后来转正被调到玉湖中学后，我们就感觉有些“巴结”不上他了。当时他只是关心某某书记、某某主任的孩子。我们几次向他反映儿子看不清黑板上的字，要求他帮忙把座位调换一下，即使轮流调换一下也好。可这位老师只甩给我们一句话：“把座位换了就能搞好学习吗？”但始终没给儿子调换座位。

最后倒是儿子说话了：“爸妈，我们不用求他了，我看不清黑板上的字，下课后抄同学的笔记去。”

正是从这时候开始，儿子像变了一个人似的，实实在在地开始奋发努力了。

有些时候，人都是逼出来的；有些时候，人又是激出来的。从这两种意义上看，我们倒是应该感谢这位老师了。

第二年中考，儿子考了 548 分，超过了公安一中的起分线八分。

公安县第一中学是湖北省的重点高中，也是孕育名牌大学、重点大学学生的摇篮。当时儿子被分配在高一（六）班，在班上的名次为第十九名。

高一上学期期末考试，儿子一跃成为班上第一名。

真是天有不测风云，人有旦夕祸福。第二年春天，儿子便患上了神经根炎。

当时治病的钱就花了两万多元，后来又陆续花了大几千元。最感痛心的是，这次患病竟耽误了儿子两年青春。

从那时候开始，我们家就开始了借贷。1998 年两个孩子同时考上了大学，再后来又分期读研，在经济上都多亏了朋友们的真诚相助。

这种患难时期的真诚相助是最令人刻骨铭心的，可以说我们一辈子都不会忘记的。

但是，我们在孩子们面前从未显露过难色，生怕增加了他们的心理负担，生怕影响了他们的学习。

强烈的学习欲望和坚强的毅力使儿子彻底战胜了病魔，增强了体质并考上了军校。

刻苦努力的精神、良好的人缘和不期而遇的机会，使儿子步入到了广州这座国际化大都市。

儿子只是个正营职的小干事，去年却被领导和同事们抬举为军区党代表。可见首长和同事们对他有几多信任、几多厚爱和几多期待啊！

现在浮现在我眼前的却是另外一幅画面：

1997 年 8 月的一个酷热的夜晚，我们一家人围坐在客厅的沙发上。女儿泪眼婆娑，凄凄哀哀地说："爸妈，哥哥这次高考没有考好，完全是因为他一边治病，一边学习，身体还没有恢复好。我这次只考了个荆州艺专完全是自己的问题。虽然这次专业没有考好，但我心有不甘。我知道你们供我们俩兄妹读书经济压力很大，但我还是想让你们支持我复读一年，如果我明年再没考好，那就无话可说了。"

我对女儿说："你也不要过于自责。常言道：不如意事常八九。高考失利也不是没有的事。你就安心复读吧，我和你妈就是砸锅卖铁也要支持你们读书。因为这是关系到你们一辈子的事，机会失去就不可能再有了。"

通过一年的努力，女儿终于如愿以偿了。

女儿是个有志向的孩子。上大学之后，许多

孩子都松了一口气，感觉大学的学习轻松多了。可我们的女儿始终刻苦努力，没有丝毫的懈怠。她发誓不仅要以优异的成绩完成本科学业，而且要以扎实的功底考取研究生。

有个同学对她说："听说你还想考研究生，能考得上吗？就是考上了你家里能负担得起吗？"

女儿回答说："考不考得上，我总要尝试一下嘛。如果考上了，我爸妈就是想天方、打地洞也会让我去读的。"

真是皇天不负有心人。女儿不仅考上了研究生，而且还考了个公费研究生。

女儿是个勇于实践、很注重能力培养的孩子。她在努力完成学业的前提下，一有机会就在本校和其他院校代课。她积极参加社会上有关艺术类项目的竞赛，并两次获得了省级规格的三等奖。

在实习期间，她总是一头扎进工厂、车间，虚心向工人师傅和技术人员学习、请教，竭尽全力做好自己的作品。

女儿还是一个有执著精神和有终生学习欲望的孩子。在女儿看来，走上工作岗位只是迈开了第一步，今后要走的路更长，要求更高。她在搞好教学工作的同时，仍然坚持自学。她不仅自己独立地进行学习，适时改变自身的知识结构，还坚持与学生一道学习、共同实践。由她指导的学生作品参加省部级比赛获奖的有二十几件；带领学生实习期间被企业采用的方案项目有六个；参加学院举办的第六届课堂教学观摩大赛决赛中获三等奖；在核心刊物、省级刊物发表艺术设计作品十一件，论文七篇等。去年被评为副教授。

十六、愿你绽放出美丽的人生之花

大都市为人们提供了丰富的物质生活和文化生活，也给人们提供了更为广阔的发展空间。但是，大都市里灯红酒绿、纸醉金迷，到处充满着诱惑。而人都是有惰性的，也有太多欲望。如果没有坚定的信念和坚强的意志，就会把握不住自己，就会战胜不了身心的倦怠，就会抵御不住世俗的诱惑，就会割舍不了寻常的享乐。世上有许多人半途而废，功亏一篑，并不是他们没有能力，也不是他们没有机遇，主要是他们抵御不住惰性和欲望的挑战而逐渐堕落和颓废的缘故。

大都市里人居高度集中，往往会有更多应酬，席间也免不了推杯把盏、觥筹交错……

酒的确是个好东西。人们常说："酒逢知己千杯少"，以酒会友确能起到沟通思想，化解矛盾，增进友谊，凝聚力量，加强合作和成就事业等作用。此外，适量饮酒还能起到通经活络、加强血液循环，增强身体健康等功效。

但是，酒又不是什么好东西。人体内的酒精含量达到一定浓度时，必然会伤害到神经、心脑血管、肝、脾、胃等，严重损害健康甚至会危及生命。有一份资料表明，肝脏消化一克酒精需连续工作 46 个小时。可见过量饮酒会给肝脏带来多么大的负担。中央十台《健康之路》栏目也谈到了这个问题：因为肝脏担负着解毒和消化脂肪类物质的任务，所以如果体内摄入了过量酒精，肝脏及时消化不了就只能让这些物质滞留在里面，时间长了、积累久了就会形成酒精性脂肪肝，严重的还会变异为肝硬化或肝癌。

随着经济的发展和社会活动的频繁发生，时下饮酒之风已是日甚一日。什么“舍命陪君子”、“感情深一口闷”等，都是顾此失彼，对身体极不负责、对生命极不珍惜的唐突行为。可以说，真正的君子是尊重客观事实的，也是最讲真情的，他们一定懂得适量饮酒的道理，也绝不会要求别人以身体为代价来陪自己狂饮大醉。

至于酒后失态、酒后失言和酒后误事的事例，那就更不胜枚举了。

试想，即使一个人各方面都十分优秀，仅就喜欢饮酒，以致酒后失态、失言、误事，哪怕只占其中一种状况，又有谁敢把重要的职位和重要的工作交给他呢？

大都市里英才荟萃，竞争尤为激烈。一般来

说，竞争能激发人们的能动作用，从而促进人们更好地工作、更好地发展；竞争也能发挥人们的聪明才智，促进人们不断创新争优，从而推动各项事业的发展乃至整个社会的进步。

但是，上天赋予人们的社会背景和机遇大不相同，每个人的才智资源也很不相同，因而竞争的平台和效果也会有很大不同。所以，我们特别要注意在各种竞争中保持良好心态，完全没有必要与别人攀比，也没有必要产生不平衡心理，更没有必要去怨天尤人。

事实上，越是攀比，越是持不平衡心理，越是怨天尤人就越影响自己的情绪，效果也就越糟糕。这时候，我们不妨调整一下自己的心态，改变一下处事方法，即坦诚接受不可改变的，努力争取可以改变的。这样的话，极有可能收到意想不到的效果。

有位哲人说得好："我只看我拥有的，不看我没有的。"

我想，李琼在唱土家族民歌《山路十八弯》的时候，一定不会想到自己个头的矮小，她当时所想到的一定是自己歌喉的甜美和高亢，从而对自己充满自信。不然的话，她的歌声肯定没有一炮走红的效果。

如果我们的眼睛始终盯着自己的缺陷，生活将毫无希望。只看自己拥有的——这是一种多么昂扬的人生态度啊！

人活在世界上总要有目标，总会有追求。那种"脚踏两块西瓜皮，划到哪里算哪里"的人，他们的自身价值基本上停留在原生状态，不可能有大的升华。

但是，实现目标，追求更高的自身价值一定要量力而行，在力不从心的时候，千万不要勉强。

现在不是有一种“过劳死”的现象吗？有人说著名演员傅彪纯粹是累死的，著名画家陈逸飞也是累死在片场的等。有人还对他们的死作了一个假设性的比较：当他们以自己的身家性命作赌注而倒下时，可能会多一些成就；但是，如果他们换一种活法，适当减压地工作，即使只多活一些时日，哪怕只多活几年，那又可以做多少工作啊！

我很赞同对自己适当减压的活法，主张在各种竞争中理性地把握住一个“度”，做到尽力即可，千万不要超负荷运行。

来到大都市开始了全新的生活，孩子们是最幸运的；赶上了中华五千年文明史上最红火的时代，孩子们是最幸福的；正处于三十多岁的最佳年龄段，孩子们是最有希望的……一言以蔽之：风光无限！

但是，人在顺利的时候一定要想到昔日的艰难，风光的时候也不要忘记曾经的失落。永远谦虚谨慎、博学多思，经受更多的历练，增长更多的人生智慧，稳重地走好今后的路，绽放出美丽的人生之花。